U0701740

海天译丛

新郎的婚纱

Robe de Marié

Pierre Lemaitre

［法］皮耶尔·勒迈特 / 著

邹婧　俞佳乐 / 译

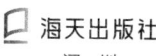
海天出版社

· 深 圳 ·

图书在版编目（CIP）数据

新郎的婚纱／（法）皮耶尔·勒迈特著 ；邹婧，
余佳乐译. —— 深圳：海天出版社，2019.3
　（海天译丛）
　ISBN 978-7-5507-2590-4

Ⅰ. ①新… Ⅱ. ①皮… ②邹… ③余… Ⅲ. ①长篇小
说-法国-现代 Ⅳ. ①I565.45

中国版本图书馆CIP数据核字(2018)第303300号

版权登记号　图字：19-2018-094号
ROBE DE MARIÉ
by Pierre Lemaitre
© Calmann-Lévy, 2009
Simplified Chinese edition arranged via Dakai Agency Limited

新 郎 的 婚 纱
XINLANG DE HUNSHA

出 品 人　聂雄前
责 任 编 辑　胡小跃　李 尧　戚乐也
责 任 校 对　叶 果
责 任 技 编　梁立新
封 面 设 计　知行格致

出 版 发 行　海天出版社
地　　　址　深圳市彩田南路海天综合大厦（518033）
网　　　址　www.htph.com.cn
订 购 电 话　0755-83460239（邮购）　83460397（批发）
设 计 制 作　深圳市龙瀚文化传播有限公司 0755-33133493
印　　　刷　深圳市华信图文印务有限公司
开　　　本　889mm×1194mm　1/32
印　　　张　9.5
字　　　数　200千
版　　　次　2019年3月第1版
印　　　次　2019年3月第1次
定　　　价　45.00元

目 录

致帕斯卡利娜，当然，
没有她就没有这一切……

索菲

　　她席地而坐，背抵着墙，双腿伸直，呼吸急促。

　　雷奥的身体靠着她，一动不动，头枕在她大腿上。她的一只手抚摸着他的头发，另一只手试着去擦拭眼睛，动作并不协调。她在哭，呜咽有时变为叫喊。她嚎叫着，这叫声从腹部升起。她的头垂向一边，又倒向另一边。忧伤时而袭来，她用后脑叩击墙面。疼痛给她带来些许安慰，但她很快再次崩溃。雷奥很乖，一动不动。她垂下眼睛看着他，搂住他的头，抵在腹部，继续哭泣。谁都无法想象她的不幸。

1

　　这个早晨，像许多个早晨一样，她醒来时泪水满面，嗓子发紧，可她并没有特别值得担心的理由。在她的生活中，泪水稀松平常：自从她疯了之后，她每晚都哭。早晨，如果发现脸颊没有泡在泪水中，她甚至可以认为她的夜晚是平和的，睡眠是深沉的。早晨以泪洗面、咽喉干紧仅仅是个信号。从什么时候开始的？从樊尚的事故开始？从他的死亡开始？从第一例死亡开始，还是更久以前？

她用一只手臂支撑起身体，拿床单擦了擦眼睛，摸索着去找香烟，没有找到，突然意识到自己身在何处。所有记忆都回来了，昨天发生的事情，还有晚上……她立刻记起来应该走，离开这个房子，起身出发，但她停在那里，仿佛被钉在床上，完全无法行动，筋疲力尽。

她终于从床上起来，走到客厅，热尔韦太太坐在沙发上，安静地俯身在电脑键盘前。

"休息得好吗？"

"休息好了。"

"您脸色有点差。"

"早晨我总是这样。"

热尔韦太太保存了文件，合上手提电脑。

"雷奥还在睡，"她一边说一边径直走向挂衣架，"我没敢去看他，怕吵醒他。反正今天不上学，他最好多睡会儿，让您也安静些……"

今天不上学。索菲仿佛记起来了。有教学会议。热尔韦太太站在门边，已经穿好了大衣。

"我得走了……"

她感到自己没有勇气宣布她的决定。再说，即使有勇气，她也没有时间了。热尔韦太太已经关上了门。

今晚……

索菲听到楼梯里响起了她的脚步声。克里斯蒂娜·热尔韦从来不坐电梯。

寂静笼罩。到这里工作以来，她第一次在客厅正中央点燃香烟，开始踱步，像是惨剧后的幸存者，看到的一切都是虚无。应该走了。她独自一人站着，手里夹着一支烟，感到没那么紧迫，但是她知道，因为雷奥，应该准备出发。她走到厨房，按下了烧水壶的开关，给自己时间恢复神智。

雷奥。六岁。

第一眼见到他，她就觉得他帅气。四个月前，同样是在莫里哀街的这间客厅里，他跑着进来，到她跟前立刻停下，专注地看她，微微侧着头，这是他凝神思考的典型动作。他母亲只是说："雷奥，这是索菲，我和你说起过的。"

他观察了她许久，然后说"好吧"，走上前来拥抱她。

雷奥是个善良的孩子，有些任性，聪明并且活力惊人。索菲的工作是早晨送他去学校，中午和晚上接他回来，一直照看到热尔韦太太或者她丈夫终于回来的时候。她的下班时间从下午五点到夜里两点不定。随叫随到是索菲获得这份工作的关键：她没有个人生活，这在第一次面

4

试时就明白无疑。热尔韦太太尽量不过度利用她的随叫随到，但日常生活总会战胜原则，不到两个月的时间，索菲成了这个家庭生活中不可或缺的齿轮。因为她总是在那里，时刻准备着，永远随叫随到。

雷奥的父亲，刻板严酷的四十岁高个儿男人，外交部司长。他的太太优雅修长，微笑中带着令人难以抗拒的魅力，尝试着协调审计事务所统计师、雷奥母亲和未来国务秘书夫人三个角色。两口子生计无忧，但商量报酬时，索菲明智地没有抬价。事实上，她想都没想就接受了，因为他们开出的价码足够她开销了。从第二个月月末起，热尔韦太太就给她加了工资。

雷奥盲目信服索菲，连他母亲都要花几小时做完的事情，索菲能不费力气地搞定。他并不如她担心的那样是个被宠坏了的、沙皇般发号施令的孩子，而是安静听话。当然，他也有任性的时候，但索菲在他的阶级概念里占据了很好的位置，高高在上。

每天晚上，六点左右，克里斯蒂娜·热尔韦会打电话来问问情况，语调尴尬地告知她回家的时间。她先和儿子通话几分钟，然后努力和索菲聊上几句贴心话。

她的尝试收效甚微：索菲坚持——却并无特别的用意——通话基本上以汇报日常生活为主。

雷奥每晚八点准时上床。这很重要。索菲没有孩子，但有原则。给他念完一个故事之后，剩下的时间里，她就坐在能收到几乎所有卫星频道的超薄电视机前。在她工作的第二个月，热尔韦太太发现无论何时回家，索菲都待在电视屏幕前，便悄悄备下了这份礼物。很多次，热尔韦太太都惊讶于一个明显受过教育的三十岁的女子会满足于这份低微的工作，所有晚上都在小小的屏幕前度过，虽然后来换成了大屏幕。在第一次面试时，索菲说自己学过传播学，热尔韦太太还想了解更多，索菲提到了DUT[1]，说她在一家英国公司工作过，但没说具体职位，曾经是已婚身份，如今不再是了。克里斯蒂娜·热尔韦很满意。她儿时的朋友，一家职业中介所的女经理向她举荐了索菲，因为某个神秘的原因，在唯一的一次面谈中，索菲令她这位朋友觉得热情可亲。再说事情紧急，雷奥的上一任保姆毫无征兆地临时请辞。索菲平静严肃的面容令人信任。

在最初几个星期里，热尔韦太太几次投石问路，想对索菲的生活了解得更多。从回答中揣测出她的人生遭受了一场"可怕而秘密"的悲剧之后，热尔韦太太谨慎地放弃了探究。在权贵身上，总会留下一些浪漫主义的痕迹。

烧水壶停止工作的时候，像往常一样，索菲已经迷失在自己的想法里。对她而言，这是一种可以长期持续的状态——常常心不在焉。她的脑子似乎因为一个念头、一

---

[1] Diplôme Universitaire de Technologie的首字母缩写，法国公立大学技术学院颁发的一种短期职业教育文凭。（本书脚注皆为译注）

个形象而凝滞了，思想缓慢地包裹在其周围，她失去了时间的概念，像是一只昆虫。接着，随着某种重力效应，她重新回落到当下，从断裂之处再次拾起正常生活，总是如此。

这一次，布尔范医生的脸奇怪地闪现。她已经很久没再想起他了，她想象中的医生不是这样子的。在电话里，她猜想那是一个高大威严的男人，可实际上他非常矮小，像是公证处小文员，因为被允许接待次要客人而惶恐不已。医生身边的书架上放着些摆设。索菲想要坐着，进门的时候她就说了："我不想躺下来。"布尔范医生做了个手势，表示这不是问题。"在这里，不用躺。"他补充道。索菲尽力解释。"一个记事本。"医生最终宣布。索菲要记下她做的一切。她忘记的事情就够为自己营造"一整个世界"了。"应该努力客观地看待事情，"布尔范医生说，这样一来，"您可以准确衡量您所忘记和所失去的。"于是索菲开始记录一切。她这么做了有三个星期吧……直到下一次就诊。在此期间，她还是失去了……很多东西！她忘了各种预约，在去见布尔范医生的两小时前，她发现自己甚至弄丢了记事本，再也找不回来。她弄乱了一切。她是在那天翻出了给樊尚的生日礼物的吗？那个准备送出惊喜时却无法找到的礼物。

一切都混乱了，她的生活如此混乱……

　　她将水倒入碗中，抽完了烟。周五，不用上学。正常情况下，她只在周三和个别周末才要全天照看雷奥。她领着他去这儿去那儿，看心情见机行事。到目前为止，两个人玩得不错，也不常争吵。因此，一切都好。

　　直到她开始感觉有些麻烦和不安。她不想与这种感觉纠缠，努力赶走这个念头，就像赶走一只讨厌的苍蝇，但这感觉坚持卷土重来。她对孩子的态度也受到了影响。刚开始毫无警示，只是某件隐蔽的、无声的事情，某个只关乎他们两人的秘密。

　　直到突然间她看到了真相，前一天，在唐特蒙广场上。

　　五月末的巴黎格外美丽。雷奥想要一个冰淇淋。她坐在凳子上，感觉不舒服。开始她把不适归咎于身在广场的缘故，这是她最讨厌的地方，因为她尽量避免和家庭主妇们闲聊。她知道如何挫败熟人们无休无止的搭讪，她们如今也避免和她说话，但她还得应付偶然发生的情况，新来或路过的人，还有退休的老妇。她不喜欢广场。

　　她漫不经心地翻着杂志，雷奥走到她面前，吃着冰淇淋，随意地看着她。她回看他，就在那一刻，她发现了一个再也无法掩饰的事实：她开始讨厌他，无法解释。他总盯着她，她惊恐地发现自己对他已是那么无法容忍：天使般的脸庞，贪食的嘴唇，傻傻的微笑，滑稽的衣服。

她说："我们走吧。"其实她想说："我走了。"
她头脑里的机器开始发动，带着它的那些黑洞、缺失、空
白、荒谬……当她急匆匆地往家走的时候（雷奥抱怨她走
得太快了），一些景象纷乱袭来：樊尚的车撞到了树，警
灯在夜色中闪烁，首饰盒深处的手表，老杜盖太太的尸体
滚下楼梯，报警器的尖叫撕裂了深夜……景象从一个方向
鱼贯而来，又朝另一个方向列队而去，新的景象，旧的景
象。制造眩晕的机器重启了它永恒的运动。

索菲没有计算她疯了多久。太久了……可能因为痛
苦，她感觉度日如年。最初如行缓坡，几个月后，是坐滑
梯的感觉，全速滑落。那时索菲已婚。在这一切发生之
前，樊尚是个很有耐心的男人。每次索菲想起他，他仿佛
都出现在一组连续变化的镜头中：年轻、微笑着、始终安
静的樊尚和最后几个月面带倦容、脸色发黄、目光呆滞的
樊尚重叠在一起。刚结婚的时候（索菲准确地回想起了他
们的寓所，她想知道在同一个头脑中，怎么会同时留有那
么多的回忆和缺失），她只是心不在焉。总是听到"索菲
走神了"，她安慰说自己一向如此。然后，她的走神变得
奇怪。简单地说，一切猛然溃散。忘了预约，忘了东西，
忘了人，开始丢东西，钥匙、文件，几个星期以后，在最
不可思议的地方重新找回。尽管不动声色，樊尚心里渐
渐开始紧张。可以理解。因为忘记服药，丢了生日礼物、
圣诞节的装饰……连最坚强的人也会觉得烦恼。索菲开始

记录一切，像正在戒毒的人一般谨慎小心。她弄丢了记事本、车子、朋友，因为偷窃而被捕，她的混乱逐渐传染到生活的所有角落。她开始像酗酒者一样隐瞒自己的过失，作弊，掩盖，为了让樊尚、让所有人无法察觉。一位治疗师建议她住院，她拒绝了，直到疯狂之中死亡不期而至。

索菲走着，打开包，伸手进去，颤抖着点燃烟，深深呼吸。她闭上眼睛。尽管脑袋里嗡嗡作响，不适难忍，她仍察觉到雷奥已经不在身边。她转过身，看见他在身后远处，站在人行道中央，双臂交叉，脸色阴沉，执拗地拒绝前行。看到这孩子伫立在人行道中央发脾气，她怒火中烧，原路折回，在他面前停下，伸手给了一记响亮的耳光。

这耳光惊醒了她。她感到羞耻，回过头看看是否有人看见。没有人，街道安静，只有前方一辆摩托缓慢经过。她看着孩子抹了抹脸，回看她，没有哭，仿佛隐隐知道这一切并不是因为他。

她坚定地说："我们回家。"

到此为止。

整个晚上，两人没有说话。每个人都有自己的理由。她暗自担心热尔韦太太是否会为这记耳光发难，但她知道这无所谓。现在她该走了，眼下的情况是她似乎已经走了。

那天晚上，像是刻意安排的一样，热尔韦太太回家晚了。索菲睡在沙发上，电视屏幕里篮球比赛在潮水般的欢呼和尖叫中进行。热尔韦太太关掉电视，寂静唤醒了索菲。

"很晚了。"热尔韦太太抱歉地说道。

她看着面前包裹着大衣的身影，低沉绵软地答了一声"不晚"。

"您愿意睡在这里吗？"

热尔韦太太晚归的时候都会建议她留宿，她总是拒绝，热尔韦太太会支付的士费。

片刻之间，索菲看到了那一天结束时的一切，寂静的夜，雷奥躲闪的目光，情绪低沉，耐心听完晚间故事，明显在想着别的事情，接受她最后的亲吻，难受显而易见，以至于她惊讶地听见自己说道："这没什么，小傻瓜，没什么。对不起……"

雷奥点点头表示同意。似乎在这一刻，成年人的生活猛然闯进了他的世界，他也因此筋疲力尽，很快睡着了。

这一次，索菲答应留下来睡，她太萎靡不振了。

她手中握着已经凉了的茶碗，眼泪重重地落到地板上，内心却不为所动。在短短一瞬间，一个形象出现，猫的尸体被钉在木门上。一只黑白相间的猫，还有别的形象，都是死去的。在她的故事里有很多的死亡。

到时候了。她看了一眼厨房的挂钟，九点二十分。不知不觉中，她又点燃了一支烟，又神经质地摁灭烟头。

"雷奥！"

她被自己的声音吓了一跳，在这声音中听出了不安，却不知它从何而来。

"雷奥？"

她冲进孩子的房间。床上的被子鼓成一团，勾勒出俄罗斯山脉的形状。她喘了口气，放松下来，甚至隐隐微笑起来。恐惧的退却让她并不情愿地生出几分心怀感激的温柔。

她走到床边说道："好吧，这个小男孩在哪里呢？"

她转过身："也许在这里……"

她轻轻地打开了松木衣柜的门，用余光注意床上的情形。

"不，不在衣柜里。也许在抽屉里……"

她拉动抽屉，一次、两次、三次，一边说着："不在这里……不在那里……也没有……他会在哪里呢？"

她走向门口，加大声音说道："好吧，既然他不在这里，那我走了……"

她重重地关上门，但留在卧室里，盯着床和被子的形状。她期待着某个动静。不安袭击了她，胃里一阵泛空。一个不可能的形状。她僵在那里，泪水再次涌出，但不是现在的泪，是过去的泪，在看到一个浑身鲜血的男人伏在方向盘上时模糊了双眼的泪，在她用双手奋力将老妇人推落楼梯时留下的泪。

她机械地迈步走向床边，一把掀开被子。

雷奥就在那里，但他没有睡着。他光着身子，缩成一团，双手抵着脚踝，头埋在膝盖中间。从侧面望去，他的脸呈现出可怕的颜色，睡衣将他紧捆着，脖子被鞋带死死勒住，勒出一道深痕。

她咬住拳头，还是没有忍住呕吐。她的身子前倾，在跌倒前的最后时刻避免碰到孩子的尸体，只能靠住床沿。几乎同时，雷奥小小的尸体朝她倒下来，孩子的头撞到了她的膝盖。她紧紧地搂住尸体，什么都阻止不了她和他倒在了一起。

于是，现在，她坐在地上，背抵着墙，雷奥僵直冰冷的尸体靠着她……她在嚎叫中惊慌失措，那些叫声仿佛发自旁人。她低下眼看孩子，泪水模糊了视线，她知道眼前惨烈一片。她的一只手机械地抚摸着他的头发，他大理石般灰暗的脸朝着她，凝滞的眼神望向虚无。

2

过了多久？她不知道。她重新睁开眼睛。首先感受到的，是她沾满呕吐物的T恤的味道。

她一直坐在地上，背靠卧室的墙，执拗地看着地面，仿佛想让一切都不动，她的头，她的手，她的思想。待在那里，不动，融化在墙里。什么时候停止，一切都应该停止，不是吗？然而这气味令她心悸。她转动头，最小幅度，往右，门的方向。几点了？反方向转动，最小幅度，往左。在她的视野中，一条床腿。这就像拼图：只需一片，就能在脑海里组合出全部。头不转，微微动动手指，摸到一束头发，如同泳者浮出水面，等候着她的恐惧被电流击穿：电话开始嚎叫。

这一次，她不再犹豫，立刻转向门。铃声从那里传来，最近的一部电话机，在走廊的樱桃木桌上。这一刻，她垂下眼睛，孩子的尸体撞进了视野：侧躺，头靠在膝盖上，静止得看上去像一幅油画。

在那里，她身上半躺着一个死去的孩子，电话铃声不愿停止，负责照料孩子的索菲，通常应该去接电话，此时却倚墙而坐，将头从一侧转向另一侧，呼吸着自己呕吐物

的味道。头晕，不适再次袭来，她要晕过去了。思想正在
塌陷，手无助地伸展，像是一个溺水的人。惊恐之下，她
觉得电话铃声都提高了声调。现在她只能听到铃声，它刺
穿了她的头，填满了她，令她瘫痪。双手向前，靠边，盲
目地摸索着一个依靠，最终找到了某种坚硬的东西，在右
边，扶住它，为了不完全失去意识。而这铃声无休无止，
不愿停歇……她的手紧攥住床头柜的一角，柜子上是雷奥
的夜读灯。她用尽全力，这种肌肉运动令不适退却了片
刻。铃声停止了。漫长的几秒流过。她屏住呼吸。在脑子
里计算着，慢慢地……四、五、六……铃声已经停止。

　　她将一只手臂放到雷奥的尸体下面。轻若无物。她费
尽气力，跪了下来，终于把他的头放在地面上。寂静回来
了，几乎可以碰触到的寂静。她断断续续地呼吸，如同分
娩的女子。一条长长的唾液从嘴角流出。头不动，看向虚
无：她在找一个存在。她想：有人在，在公寓里，某个人
杀了雷奥，这个人也会杀了我。

　　这一刻，电话铃再度响起。一股新的电流自下而上
穿过了她的身体。她在自己周围寻找。找到某个东西，赶
快……床头灯。她抓住灯，一把拎起，电线脱落，她在房
间里游走，慢慢地朝着铃声的方向，一步接着一步，她拿
着灯，仿佛举着火把，拿着武器，没有意识到这情形有多
可笑。然而，在这咆哮、吼叫、不变的铃声中，在这纠缠
不休、充斥空间的机械声中，不可能听到任何人在场的声

音。她走到卧室门口，寂静猛地降临。她向前迈步，不知为何，突然确信寓所里并没有别人，只有她一人。

没有思索，没有犹豫，她走到走廊尽头，走向其他房间，半举着台灯，电线拖在地上。她回到客厅，走进厨房，又走出来，打开门，所有的门。

独自一人。

她倒在沙发上，终于松开了台灯。T恤上的呕吐物看上去是新沾上的。恶心再度袭来。她一把脱掉T恤，扔在地上，立即站起来，走向孩子的卧室。现在，她背倚着门框，看着那侧躺着的已经死去的小身体，双臂交织放在赤裸的乳房前，轻轻哭泣……要打电话。无可挽回，但是要打电话。警局、医院、消防队，这种情况之下应该打给谁？热尔韦太太？恐惧咬痛了她的腹部。

她想动，但是不能。我的上帝，索菲，你要把自己搞得多么狼狈？仿佛这一切还不够似的……你应该马上走，立刻，在电话再响起之前，在担心的母亲叫了的士回到家、尖叫、泪水、警察审讯之前。

索菲不知道该怎么做。打电话？离开？她在两个糟糕的情形之间选择。这就是她的生活，全部的生活。

她终于站直，身体中的某个东西做了决定。她立刻在公寓中跑起来，哭泣着从一个房间跑到另一个房间，动作并不协调，移动没有目的，她听到自己的声音像孩子一般哼哼唧唧。她试着对自己重复："集中注意力，索菲。呼吸，努力思考。应该穿上衣服，洗脸，带上你的东西。赶快。离开。马上。拿上你的东西，理好包，抓紧。"她在所有房间里跑动，几乎失去了方向。经过雷奥的卧室前，她忍不住再一次停下来。她最先看到的，不是孩子凝滞蜡黄的脸，而是他的脖子和棕色的鞋带，鞋带的一端在地面呈蛇行状。她认出了那鞋带，它属于她散步的那双鞋子。

3

这个白天的某些事情已经记不起来。她再看到的，是圣伊丽莎白教堂的钟指向了十一点一刻。

阳光普照，她的太阳穴跳得能打断一切。还有疲倦。雷奥尸体的形象再次向她发起攻击，仿佛她第二次醒来。她试着靠住……靠住什么……手边是一面橱窗。一家店铺。玻璃是冷的。她感觉到腋下汗滴的流动，冰冷的汗滴。

她在那里做什么？首先，她在哪里？她想看时间，但是手表不在。她确信是戴了表的……不，也许没有。她记不起来了。圣殿街。上帝啊，不到一个半小时，她已经到了这里……这段时间她做了什么？去过哪里？首先，索菲，你要去哪里？你是从莫里哀街一路走过来的吗，还是坐了地铁？

黑洞。她知道自己疯了。不，她需要时间，只是这样，一点时间来集中注意力。对的，是这样，她应该是坐了地铁。她感觉不到身体，只知道汗水沿着手臂流下，湿嗒嗒烦人的汗水。她将肘部蹭过身体，抹去汗滴。她穿得怎样？看上去像个疯子吗？头太涨了，嗡嗡作响，杂乱无章的画面。思考，做些事情。可是做什么呢？

她瞥见了橱窗里的身影，认不出自己。她先想到的是那并不是她。然而不，正是她，只是还有别的一些什么……别的东西，是什么呢？

她看了一眼道路。

行走并思考，可她的双腿并不听话，只有头脑还可以工作，画面与语言在脑子里嗡嗡作响。她调整呼吸，试图让它们安静。她的胸部发紧，钳夹一般的桎梏。她用一只手抵住橱窗，努力集中所有的思想。

你逃跑了。是这样的，你害怕了，你逃跑了。人们会发现雷奥的尸体，会来找你，会控告你……怎么说的？什么"在场"之类的……集中思想。

事实上，这很简单。你照看孩子的时候，某人来杀了他。雷奥……

想到这里，她立刻意识到自己没有借口，因为逃跑的时候她发现公寓的门是从室内反锁的。某个借口，她以后会找到的。

　　她抬起眼睛。她认出了这个地方，这里离她家很近。对的，是这样，你逃跑了，你回家了。

　　回到这里是疯了。如果还有脑子，她绝不会回到这里。人们会来找她。人们应该已经在找她了。新来的滚滚疲倦打趴了她。一家咖啡馆，在右边。她走了进去。

　　她要走到咖啡馆深处。用尽力气思考。首先得定位。她在咖啡馆深处坐下，焦躁地看着走近她的侍应的脸，她的目光迅速扫过这空间，看看从哪里可以冲向出口，如果……什么都没有发生。侍应什么都没问，只是麻木地看着她。她要了一杯咖啡。侍应拖着疲倦的步子回到了柜台。

　　对的，首先要定位。

　　圣殿街。离她家三站，不，四站路。对，四站路：圣殿街，共和国广场站，换地铁线，然后……第四站是哪一站？上帝啊，她每天都在那里下车，这条线已经坐了几百次。她清清楚楚地记得地铁入口，有铁扶栏的楼梯，街角的书报亭，那个总是抱怨"妈的，这什么天气啊？"的家伙……见鬼！

　　侍应端来了她的咖啡，边上放着账单：一欧元十分。我有钱吗？她的手袋放在面前的桌子上。她甚至不记得自己带了手袋。

　　集中思想。那个该死的地铁站叫什么来着？她一路来到这里，她的包，她的手表……身体里有个东西在行动，

19

她仿佛被一分为二。我是两个人：一个在冷却的咖啡前害怕得发抖；另一个走动着，紧抓着包，忘了手表，若无其事地回到家中。

她双手捧着头，感觉泪水流下。侍应看了看她，假装漠不关心，继续擦拭杯子。我是个疯子，这看得出来……应该离开。起身，离开。

肾上腺激素飙升：如果我疯了，这些画面可能是假的，这一切可能只是一场噩梦。她走向了另一边。是的，一场噩梦，没有别的。她在梦中杀了那孩子。今天早晨，她害怕然后逃离了？我害怕自己的梦，就是这样。

好消息！对了，那个地铁站名就叫"好消息站①"！不，还有一站，就在前面。这一次，站名呼之即来：斯特拉斯堡–圣德尼站。

她在好消息站下车，确信无疑，现在她想起了车站的样子。

侍应诧异地看着她。她开始大笑。她正哭泣着，突然间又笑出声来。

这一切都是真实的吗？必须搞清楚，要心知肚明。打电话？星期几了？星期五……雷奥不在学校。雷奥在家里。雷奥应该在家里。

---

① "Bonne Nouvelle"地铁站名源于教堂Notre-Dame-de-Bonne-Nouvelle的名字，意思是"好消息"，参照了《圣经》中"天神报喜"的典故，即天使加百利向圣母玛利亚宣告她怀有圣婴的喜讯。

独自一人。

我逃走了，孩子独自一人。

应该打电话。

她抓起包打开，就像要撕裂它似的。她翻找着。号码还记得。她抹抹眼睛，为了看清号码。铃声响起，一声，两声，三声……电话响了，没有人接。雷奥不上学，他独自一人在家里，电话响了，没有人回应……汗水再次流淌，这次是在背上。"见鬼，接电话！"她继续数着铃声，机械地，四声，五声，六声。切断，空白，最后是一个她并不期待的声音。她等着雷奥，却等来了他母亲："您好！这里是克里斯蒂娜和阿兰·热尔韦的家……"这平静又坚定的声音令她寒意入骨。还等什么？每个字都将她钉在了椅子上，"我们现在不在家……"索菲掐断了电话。

把两个基本的想法有条有理地说出来真是太费劲了。分析，理解。雷奥会接电话，抢在你前面拿起话机，回答，问对方是谁，对他来说像过节一样。如果雷奥在，他会接电话，否则就是他不在家，很简单。

见鬼！如果不在家，这小蠢货会在哪里？他自己开不了门。他蹒跚学步的时候，妈妈出于担心，让人安装了一套锁定系统。他不接电话，也不可能出去：这真是个难题！小蠢货在哪里？

思考。时间是十一点三十分。

桌子上四处散落着从她包里掉出来的东西，甚至还有一个卫生棉条。她看上去像什么？侍应靠在柜台上和两个家伙说话，可能是常客。他们应该是在说她吧！目光投来，略有躲闪。她不能待在这儿了，得走了。她使劲抓起桌上的所有东西，一把塞进包里，朝着出口走去。

"一欧元十分！"

她转过身。三个男人奇怪地看着她。她在包里翻找，费劲地找出两枚硬币放在柜台上，走了出去。

天气始终很好。她机械地记录着路上的情形，走路的行人、行驶的汽车、发动引擎的摩托。走路。走路和思考。这一次，雷奥的形象清晰地出现，她甚至记得最小的细节。这不是一场梦。孩子死了，她在逃跑。

女佣会在正午时到来！中午前，没有人有理由进入公寓。然后，孩子的尸体会被发现。

必须出发。小心，危险可能在任何地方、任何时间降临。不要停留，移动，行走。带上她的东西，逃跑，快点，在人们找到她之前。抛开思虑就好。等她平静下来，她可以分析。她会带着所有的解释回来，就这样。现在，出发。去哪里？

她在街道中心停下，身后的人撞上了她。她含糊地道歉。她站在人行道正中央，看着周围，路上人来车往。阳光毒热，生活失去了一些乐趣。

到了，花店，家具店。快点行动。她的目光盯住家具店的摆钟，十一点三十五分。她冲进大楼门厅，翻包，拿出钥匙，拿信箱里的东西。不要浪费时间。三楼，再拿钥匙，先开门栓，然后是门锁。她的手颤抖着，把包放在地上，她试了两次，试着深呼吸，第二道锁终于转动，门打开了。

她站在门口，大门敞开：她从没想过自己会弄错，会有人等着她……楼层一片寂静。寓所熟悉的光线洒在她脚下。她停在那里，一动不动，只听见自己心脏的跳动。突然，她惊跳起来：一个门上有把钥匙。同一层右边的房间。她的邻居。她想都不想，冲进家中，大门在身后重重地关上，来不及抓住。她停下来，倾听。空虚，经常令人绝望，此时却安慰人心。她在空房间里前行，看了一眼闹钟：十一点四十分。差不多。这个闹钟从来没有完全准时过。快了还是慢了？她记得是快了，但不确定。

一切同时进行。她拎起壁橱里的旅行箱，打开衣柜，胡乱地塞些衣服，冲进浴室，把浴室柜上的所有东西丢进包里。看一眼四周。证件！在写字台抽屉里，护照，现金。有多少？二百欧元。支票本！见鬼，支票本在哪里？在我包里。她确认。再看一眼四周。我的外套，我的包。照片！她走回去，打开衣柜的第一个抽屉，拿起影集。她的目光扫过衣柜上面镶着结婚照的相框。她抓起相框，扔进旅行箱，关上箱子。

她紧张地将耳朵贴着墙面，倾听。又一次，她的心跳占据了整个空间。她摊平双手，抵住墙面，集中思想。什么都没听见。她拎起箱子，用力打开大门：楼层空无一人，她带上门，甚至都没想到要重新上锁。她奔跑着冲下楼梯。一辆的士经过，她叫住车。那家伙想把箱子放进后备厢。没时间了！她把箱子塞进后座，上了车。

那家伙说："去哪里？"

她不知道，片刻迟疑。

"里昂站①。"

的士起步，她透过车尾的窗向后望。没什么特别的，一些车，几个人。她呼吸着。她看上去应该像个疯子。后视镜里，司机疑惑地看着她。

4

在紧急状况下，各种念头不由自主地奇怪串连。她喊道："停车！"

司机吃惊于这一指令，突然刹车。他甚至还没有开出一百米。司机转过头来，她已经下了车。

"我马上回来，等着我！"

---

① 巴黎主要火车站之一。

"哦，这可不行，我……"司机说道。

他看着被她扔在后座的箱子。箱子和客人都不能让他完全信任。她犹豫了一下。她需要他，眼下的一切是那么复杂……她打开包，拿出五十欧元，递给他。

"这样行吗？"

司机看了看钞票，并没有收下。

"好吧，可以，去吧，"他说，"不过得快一点……"

她穿过街道，走进银行。银行里几乎没人，柜台后面，一张她不认识的脸，一个女人，不过她不经常来……她拿出支票本，放在女人面前。

"我想查查我的账户，谢谢……"

女职员明显不耐烦地看了一眼墙上的挂钟，拿起支票本，敲击键盘，在打印机嘎吱作响的时候仔细地看着自己的指甲。她的指甲和她的手表。打印机似乎在完成一项极为艰难的工作，几乎用了一分钟才吐出了两行文字和数字。唯一让索菲感兴趣的数字在最后。

"还有我的储蓄账户……"

女职员叹了口气：

"您的账号？"

"我记不起来了，对不起……"

她似乎对此感到抱歉。她确实是。时钟显示十一点五十六分，她是眼下唯一的顾客。柜台里的另一个职员，一个特别高大的男人站起来，穿过大堂，开始放下窗帘。一束类似诊室里的完全人工的光线逐渐代替了日光。伴随着柔和、温暖的光线，一种绵软、抖动的寂静登堂入室。索菲感觉不舒服，很不舒服。打印机再度响起。她看着那两个数字。

"我想从活期存款里取六百，然后……储蓄账户可以取五千？"

她用一个问题结束了自己的话，仿佛在恳求。注意，要自信。

柜台另一边，一声惊慌的轻叹。

"您是想销户吗？"女职员问道。

"哦不……（注意，你是顾客，你做决定）不，我只是需要现金（很好，这个'现金'，听上去严肃成熟）。

"只是……"

女职员先后看了看索菲、她手中的支票本、墙上走向正午的挂钟。她的同事蹲在玻璃门前上锁，关上了最后一道窗帘，用掩饰不住的厌烦的目光看着她们。她不知所措。

事情变得比预想的复杂许多。银行关门了，时间是正午，的士司机应该看到窗帘落下了……

索菲挤出一个微笑，说道："只是我也很急……"

"稍等，我看一下……"

索菲来不及喊住她，女职员已经推开了柜台的小门，走去对面的办公室敲门。身后，索菲感觉到那个走到门边的同事的目光，他显然更愿意走向午餐桌。感受到背后有人，像现在这样，很不舒服。不过这种情形下，一切都让人不舒服，尤其是又有个家伙护着女职员走了过来。

这人她认识，她记不起他的名字了，但她来开户那天是他接待的。三十岁左右的壮实男人，略显生硬的脸，带家人度假，说着粗话玩滚球，光脚穿皮鞋，五年后长胖二十公斤，午餐时间会情妇，还让同事们都知情，BNP①里擅长打情骂俏的管理者，穿着黄色衬衣，装腔作势地喊"小姐"。就是那种蠢货。

蠢货在那里，在她面前。站在他身边，女职员显得更加娇小。权威的效果。索菲很了解这样的人，感到全身冒汗。她索性变成个女巫婆。

"听说您想提取……（这时，那家伙俯身看着电脑屏幕，仿佛他刚刚得知消息）您几乎所有的现金？"

"不可以吗？"

她立刻意识到自己没有选对解决办法。和这种蠢货正面交锋，就是直接宣战。

"不，不，不是不可以，只是……"

他转过身，朝站在衣帽架边上的女职员投去父亲般的目光。

---

① BNP Parisbas，法国巴黎银行。

"您可以走了，朱丽叶特，我会关门的，别担心。"

被叫作朱丽叶特的没让他重复第二遍。

"您也许对我们的服务不满意，杜盖太太？"

银行深处传来关门声，寂静比刚才更加沉重。她竭力思考着这个问题……

"哦不……只是因为……我要去旅行，我需要现金。"

"现金"这个词听起来没刚才那么恰当，于是她的语气更加着急、催促、暧昧，似乎在玩弄心计。

"需要现金……"那家伙重复道，"只是正常情况下，对于数目巨大的款项，我们希望和客户约好。在工作时间段……出于安全考虑，您懂的。"

言下之意如此明显，和说话的人如此相像，她简直想给他一记耳光。她坚持自己的决定，她需要，绝对需要这笔钱，她叫的出租车不会等一整天，她必须出发，走出这困境。

"我临时决定的，非常突然。我必须出行。我必须取到钱。"

她看着那家伙，身体里的某个东西开始后退，留一点高尚。她叹口气，要见机行事，她隐隐地感到厌恶。

"我完全理解您的困难，米山先生（那家伙的名字就这样被记起来了，像是一丝被找回的信心）。如果我有时间给您打电话、通知您，我肯定已经这么做了。如果能自己选择出发的时间，我也不会在快关门的时候来。如果不是需要钱，我不会麻烦您。但是我需要，我需要所有的钱。立刻就要。"

米山先生对她露出一个足够饱满的微笑。她知道这回事情好办些了。

"问题在于我们有没有这么多现金……"

索菲感到透明而冰冷的汗水流下。

"不过我会去看看。"米山说道。

他说完就消失了，回到他的办公室。去打电话？为什么要进入办公室去看应该在保险箱里的东西？

她发狂似地看着四周，银行的门，所有落下的窗帘，两个去吃午饭的职员走的是后门，离开时传来一个金属保险门关上的声音。新的寂静袭来，比前一次更加缓慢，也更具威胁。那家伙在打电话，肯定的。打给谁呢？可他已经回来了。他走近她，但走的并不是柜台的一边，而是她这一边，带着迷人的微笑。他很近了，真的很近了。

"我想问题可以解决了，杜盖太太。"他喘着气说道。

她挤出一个僵硬的微笑。那家伙不动。他微笑着，直视着她。她也不动，继续微笑。这才是应该做的：微笑，有求必应。那家伙转过身，走远了。

又一次独自一人。十二点零六分。她冲向百叶窗，拉起几个叶片。她的出租车还在等着。她记不住司机。他还在，她记下了这点。但必须尽快结束，很快。

她重新回到柜台等待，那家伙又从他的洞穴里出来了，站在柜台后面，数出五千六百欧元。他代替女职员在电脑键盘上敲击。打印机又开始奋力工作。等待的时间里，米山看着她微笑。她感到自己全身赤裸。她终于签好了收据。

米山巨细无遗地交代注意事项。之后，他将钱装进牛皮纸信封，带着满意的微笑递给她。

"一位年轻的女士，像您这么苗条，走在街上，带着这么大一笔钱，我不应该让您这么做，这太不安全了……"

"像您这么苗条"，我是在做梦吧！

她取过信封。很厚重，她不知该如何是好。她将信封放进夹克衫的内袋里。米山以怀疑的神情看着她。

"因为，是因为的士，"她结巴着说道，"司机在外面等我，应该已经担心了……我随后会放好……"

"当然。"米山说道。

她准备要走。

"请等一下！"

她转过身，做好一切准备，准备要打他，但是她看见他在微笑。

"关门之后，应该从这里出去。"

他指了指身后的一道门。

她跟着他走到银行深处一条非常狭窄的过道，尽头处是出口。他打开锁，保险门开始滑动，并没有完全打开。那家伙站在那里，在她面前，几乎占据了所有的地方。

"好了，就这样……"他说道。

"谢谢您……"

她不知道该做什么。那家伙停在那里，微笑着。

"您去哪里啊？如果这不是秘密的话……"

赶紧说个地方，无论什么。她知道自己想了太久，应该立刻就给出回答，但她什么也想不起来。

"去南部……"

她的夹克衫没有完全拉上，放钱的时候，拉链只拉上了一半。米山看着她的脖子，始终微笑着。

"去南部……南部很好……"

就在这时，他向她伸出手，小心地将信封露在夹克衫开口处的一角推了进去。他的手在某一刻掠过了她的胸。他什么都没说，但也没有立刻收手。她真的很想扇他耳光，但某种极端而可怕的感觉拦住了她。恐惧。在很短的时间内，她想到这家伙甚至可以就这样玩弄她，而她会缄默不言。她需要这笔钱。这难道已如此明显？

"是的，"米山继续说道，"南部真是不错……"

他的手又自由地动了起来，在夹克衫翻领上温柔地滑动。

"我赶时间……"

她说着向右边躲去，靠近门的方向。

"我理解。"米山略微让开一些。

她朝出口溜去。

"好吧，旅途愉快，杜盖太太。那么……不久以后再见？"

他久久握着她的手。

"谢谢。"

她快速走上了人行道。

被银行里的蠢货困在那里、无法脱身的恐惧得到了解脱，仇恨的浪潮吞没了她。现在她走了出来，一切都已结束，她想把那个家伙的脑袋撞在墙上。跑向出租车的时候，她还能感觉到他手指的触动，也几乎能体会到抓住他的耳朵、在墙壁上撞碎他颅骨所带来的肉体上的轻松。因为这个蠢货的脑袋让人无法忍受！这一切让她怒火中烧……就这样，她抓住他的耳朵，把他的头往墙上撞。会有一记可怕而沉闷的响声，那家伙会看着她，似乎看到了世间所有的荒谬，但痛苦的嘴脸会替代这个表情，她把他的脑袋撞向墙，三次，四次，五次，六次，痛苦渐渐让位给一种凝结的呆滞，他的眼球望向虚空。她停下，一身轻松，手上沾满了从他耳朵里流出的鲜血。他有着电影里死人的眼睛，固定不动。

雷奥的脸突然闪现在她面前，带着真正的死人的眼睛，一点都不像电影里的。

晕眩。

5

"现在怎么办？"

她抬起头，站在出租车前，一动不动。

"情况不妙？至少，您身体没有不舒服吧？"

不，情况会好的，索菲，坐上出租车，逃走。你要镇静，一切都好，你只是累了，这是一场严峻的考验，仅此而已，情况会好的，集中思想。

路上，司机一直通过后视镜看着她。她看着如此熟悉的风景，试图让自己安心，共和国广场，塞纳河畔，远处的奥斯特里茨桥。她开始呼吸，心跳减慢。不管怎样，要镇静，跟他保持距离，思考。

的士到了里昂站。她站在车门前付钱，司机再次注视她，担心，好奇，害怕，不知道什么情绪，应该都有一些，还有轻松。他放好钱，发动车子。她拎起箱子，朝出发处走去。

想抽烟。她狂躁地在口袋里翻寻。太想了，没时间找。烟草售卖处，三个人排在她前面。她终于要了一盒，不，两盒烟，女孩转过身，取了两盒，放在柜台上。

"不，三盒……"

"究竟是一盒、两盒还是三盒？"

"一条烟。"

"确定了？"

"别啰唆！一个打火机。"

"哪个？"

"无所谓，随便哪个！"

她神经质般地抓起香烟，在口袋里找，掏出钱，她的手抖得厉害，所有的钱都散落到了柜台前的那堆杂志上。她一边捡起五十欧元的钞票，一边看着身后和四周，把钱塞到所有的口袋里。这样不好，这样一点都不好，索菲。一对情侣打量着她。边上的一个胖男人明显感到不安，装作看向别处。

她拿着香烟从烟草售卖处出来，目光落到了提醒旅客防范小偷的告示牌上。现在做什么呢？如果可以的话，她会大喊起来。但奇怪的是，她又感觉到了某种经常随之而来的东西，某种奇怪的东西，几乎令人安心，仿佛是在孩童们极大的恐惧中心，在不安的深处，浮现出一丝纤细但绝对的确信：我们经历的一切并不是真的，在恐惧之外，还有一种保护，在某个地方，某种陌生的东西保护着我们……她父亲的形象闪现又消失。

神奇的反射。

在内心深处，索菲当然知道这只是一种孩子气的自我安慰方式。

找到洗手间，梳理头发，集中思想，整理好钞票，决定一个目的地、一个计划，这是该做的事。点上一根香烟，马上。

她撕开了香烟的包装，三盒烟掉到了地上。她捡起来，把夹克衫和那条烟叠放在行李箱上，打开一盒烟。她拿出一根烟，点燃它。舒适的云雾充满了她的肺部。永恒之后的第一秒幸福。然后，几乎同时，快感涌上头脑。她闭上眼睛，重新整理思路，再之后，好多了。是的，抽烟两到三分钟，重新恢复平静。她吸着烟，闭着眼。结束的时候，踩碎烟头，把香烟扔进行李箱，朝着出发月台对面的咖啡馆走去。

在她上方，"蓝色火车"餐馆，有着大旋转楼梯，玻璃门后面是天花板高得令人眩晕的餐厅，白色桌子，人声鼎沸，银质的餐具，墙上夸张的壁画。某天晚上，樊尚带她来过这里，很久以前。这一切如此遥远。

她注意到了带顶露台上的一张空桌子。她点了一杯咖啡，询问洗手间在哪里。她不想把行李箱留在那里，也不想拖到洗手间里去……她看着四周。右边是个女人，左边是另一个女人。女人们做这个更好些。右边的女人应该和她年纪差不多，正抽着烟翻阅杂志。索菲选择了左边的那位，年龄更长，更加厚重、自信。索菲示意地望向行李箱，但脸上流露出迟疑。然而，女人的目光像是在说："去吧，我在这儿。"一个模糊的微笑，几千年以来的第一个。微笑，女人们也更擅长于这个。她没碰咖啡。她走下楼梯，拒绝瞥见镜子中自己的形象，直接走进厕所间，关上门，褪下牛仔裤和内裤，坐下来，手臂支撑在膝盖上，开始哭泣。

从厕所出来的时候，镜子里，她的脸，惨不忍睹。她感到自己老得可怕。她洗手，用水擦洗额头，如此疲倦……然后上楼，喝一杯咖啡，抽一支烟，然后想想。不再恐慌，小心行事，仔细分析。说得容易！

她走上楼梯，回到平台，悲剧扑面而来。行李箱不见了，那个女人也是。她大叫"见鬼"，狂怒地用拳头敲击桌子。咖啡杯翻倒，破碎，所有的目光转向了她。她转向另一个女人，右边的那个。片刻之间，几乎无法察觉，一个闪避的目光，索菲知道那女孩目睹了一切，却没有干预，一言不发，一动不动，什么都没做。

"当然，您什么都没看见……！"

这是一个三十岁左右的女人，从头到脚的灰色，一张悲伤的脸。索菲走近她，用袖口抹去了眼泪。

"你什么都没看见，嗯，婊子！"

她给了她一耳光。尖叫声，侍应奔来，女孩捂住脸开始哭泣，一个字都不说。所有的人都跑来，发生了什么，索菲身处台风眼，很多人，侍应用双手抓住她喊道："请冷静，否则我报警了！"她用肩膀一顶，挣脱后开始逃跑，侍应大叫，追着她跑，人群跟着他俩，十米，二十米，她不知道该再往哪里跑，侍应的手重重地落在她的肩膀上。

"您得付咖啡的钱！"他嚎叫道。

她转过身。那家伙焦躁地看着她。两人目光碰撞，这是一场意志战争。那是个男人，索菲感到他会坚持得到胜利，他已经因此满脸通红。于是她拿出信封，里面只有大面额的钞票，她的香烟掉在了地上，她都捡起来。现在他们身边围着太多的人，她深呼吸，用鼻子吸气，再次用手抹一把眼泪，拿出一张五十欧元，塞进侍应手中。他们站在火车站中央，周围一大圈为看热闹而驻足的旅客。侍应将手伸进腰间的口袋，要拿零钱找给她，从他缓慢的动作中，索菲感到他正在享受胜利时刻。他为此花了永无止境的时间，目不斜视，聚精会神，仿佛身边没有围观者，而他则在扮演着自己最自然的角色，安静而权威的角色。索菲感觉自己神经紧绷，双手发痒。火车站里所有的人似乎都相约聚集在他们周围。侍应谨慎地数钱，从两欧元数到五十欧元，把每一张钞票和每一枚硬币放在她颤抖着摊开的手上。索菲只看到了他发白的头顶，稀疏的、新长出来的头发间的汗珠。她想要呕吐。

索菲接过零钱，转身穿过好奇的人群，完全迷失了方向。

她走着，感觉走得踉跄，不，她还是一路向前走着，她只是累了。一个声音传来："需要帮助吗？"

嘶哑，沉闷。

她转过身。上帝啊，真是郁闷。面前的这个醉鬼是世上最悲惨的、大写的SDF[①]。

"没事，我可以，谢谢……"她脱口而出。

然后她继续赶路。

"不要不好意思啊！我们都在这个车站……"

"走开，别来烦我！"

那个家伙立刻后退，嘴里嘟囔着什么，她假装没听懂。你可能错了，索菲。可能他是对的，可能你也沦落到了这一步，尽管你看着体面，但同样无家可归。

"你的箱子里有些什么？衣服，乱七八糟的一堆东西，最重要的，是钱。"

她急躁地翻口袋，放松地叹了口气，她的证件都在，还有钱。最重要的都被保护好了。那么，再一次，思考。她走出车站，阳光灿烂。在她面前，一排咖啡馆、餐厅，到处是旅客、的士、公车。就在那里，一道矮小的水泥墙前站着等的士的队伍。几个人坐着，有些人在阅读，一个男人在打电话，神情专注，膝盖上摊着记事本。她走上前，坐下来，拿出香烟，闭上眼睛吸烟。集中思想。突然，她想到了手机。他们会监听她的手机。他们会发现她

---

① Sans Domicile Fixe的首字母缩写，指无家可归、居无定所的人。

曾经给热尔韦家打过电话。她打开手机，急躁地拿出SIM卡，扔进下水道。手机也一样，扔了。

她是下意识地来到了里昂站。为什么呢？为了去哪里？奇怪……她思索着。对，记起来了：马赛。是的，她和樊尚去过的地方，很久以前。他们开心地住进了一家很破的旅馆，在老港附近，因为他们找不到别的旅馆，因为他们太想把自己塞进被窝。当前台接待员询问他们名字的时候，樊尚回答说"斯蒂芬·茨威格"，因为那是他们当时最喜欢的作家。那家伙要求他们把这个名字拼出来，并问他们是不是波兰人。樊尚回答说"奥地利人，家乡是……"他们用假名字住了一晚旅馆，隐姓埋名，所以……想到这儿，她有点震颤：她的第一反应是去已经去过的地方，马赛或别处，并不重要，但要去一个她知道的地方，即使记忆模糊，因为这让人安心，而让人安心就是人们期待她做的。人们会到情理之中的地方去找她，而她恰恰不能这么做。从现在开始要忘记你的过去，索菲，这生死攸关。要展开想象，做你从来都没有做过的事，到没有人等你的地方去。突然，再也不能回到父亲家的想法让她恐慌。她已经有近六个月没去看他了，而现在那里成了一个不可能的去处。他的家会被监视，电话也被监听。老男人经久不变的身影出现在她面前：永远瘦长坚定，仿佛是橡木雕刻而成，越老越强。索菲以这个标准选择了樊尚：瘦长，安静，平和。她会想念这些。当一切塌陷，当她的生活只剩废墟，樊尚死后，她的父亲是唯一还坚挺的那一个。她再也不能去看他，不能和他说话，在这个世界上完全孤独，仿佛他也死了一样。她无法想象那样一个世界，父亲还在某个地方，她却无法和他说话，无法听到他的声音，仿佛她自己也死了一样。

这个想法让她晕眩，仿佛一脚跨进另一个充满敌意的世界，一个她一无所知的世界，在那里一切都是冒险，任何念头都必须被放弃，没有回转的希望：新情况不停出现。她在任何地方都不再安全，在任何地方都不能说出自己的名字，索菲不再是任何人，只是一个逃亡者，一个因为害怕而死去的人，过着动物般的生活，只为了求生，完全是生活的反面。

她筋疲力尽：这一切真的值得吗？如今，生活是什么？移动，不要停……这一切注定会失败，她没有斗争的力量。她没有逃亡的本领，只是一个罪犯。她永远做不到。人们很容易就能找到她……请求宽恕的一声叹息：自首，去警察局，说出实话，说她什么都不记得了……说这一切注定会在某一天发生，说她身上有一种怨，一种对世界的恨……最好一切到此为止。她不想要等着她的那种生活。然而在此之前，她的生活又是怎样的呢？长久以来，她无所适从。现在，她可以在两种徒劳的生活之间选择……她太累了……她对自己说："应该停止了。"第一次，解决办法显得具体起来。"我去自首"，她甚至不惊讶自己用了一个与谋杀犯有关的词。不到两年时间，她疯了；不到一个晚上，她又成了罪犯；不到两个小时，她成了被追捕的女人，害怕、怀疑、狡诈、不安，尝试组织、预测；而现在，只剩下她的词汇。在她的生命中，这是第二次，她看到正常的生活如何在一秒之内陷入疯狂，陷入死亡。结束了。一切应该到此结束。这一刻她感到分外轻松。即使是被囚禁的恐慌，那个逼她奋力逃跑的恐慌也在褪去。精神病医院不是地狱而是温柔的避风港。她踩碎香烟，又点上一支。抽完这支烟，我就去。最后一支烟，然后就去，说定了。她拿起电话，拨打17？是这个号码吧？17？都不重要了，她会让人听懂的，她会解释。无论如何都比她刚度过的这几个小时强。什么都比这种疯狂要好。

她大口呼气，把烟圈吐向远离自己的地方。就在这一刻，她听到了那个女人的声音。

6

"对不起……"

灰衣女孩站在那里，神经质地攥紧自己的小手提包，挤出一丝应该是微笑的神情。索菲甚至并不吃惊。

她看了那女孩一会儿。

"没关系，"她说道，"算了吧。总有些倒霉的日子。"

"很抱歉。"女孩重复道。

"您改变不了什么，算了。"

可是那个女孩杵在那里，像根面条。索菲第一次仔细地看她。不是很丑，满脸忧伤。三十岁左右，长脸，精致的五官，生动的眼睛。

"我能做些什么吗？"

"找回我的行李箱！这是个好主意，把我的箱子弄回来！"

索菲站起来，拉住女孩的胳膊。

"我现在好点了。不要担心。我该走了。"

"您有贵重的东西吗？"

索菲转过身。

"我想说的是……您的行李箱里有贵重的东西吗？"

"贵重到让我想要把它们带走。"

"您现在怎么办呢？"

好问题。无论谁都会回答："我得回家。"但是索菲被问住了，无言以对，无处可去。

"我请您喝杯咖啡吧？"

年轻女人坚持地看着她。这不是一个建议，听上去是一个请求。不知道为了什么，索菲只说了这么一句："反

42

正已经这样了……"

车站对面的餐馆。

可能是为了阳光吧，女孩直接走向了露天餐区，可索菲想去餐厅深处，说："别坐在玻璃窗边上。"女孩回了她一个微笑。

彼此都不知道该说些什么，她们等着咖啡。

"您是刚到还是要出发？"

"嗯？哦，我刚到。从里尔来。"

"坐到了里昂站？"

开局不好。索菲突然有一种强烈的愿望，把女孩丢在那里，带着她滞后的怀疑和挨过揍的狗那样的表情。

"我换了车站……"

索菲即兴发挥，紧接着问："您呢？"

"不，我不是在旅游。"

女孩犹豫了一下，选择换个话题："我住在这里。我叫薇洛妮克。"

"我也是。"索菲回答道。

"您也叫薇洛妮克？"

索菲意识到一切要比预想的艰难许多，她没有时间去准备回答诸如此类的问题，一切都得以后再说。调整思想状态。

她做了一个似乎表示同意的动作，模棱两可，含义模糊。

"这很奇怪。"女孩说道。

"有时会碰到……"

索菲点燃一支烟，递上烟盒。女孩优雅地接过香烟点上。无法相信，这个套着灰色制服的女孩，近看有所不同。

"您是做什么的？"索菲问道，"什么工作……"

"翻译。您呢？"

几分钟的时间里，随着交谈继续，索菲给自己创造了一个新的生活。开始时有些害怕，但到了最后，就像是一场游戏，只要时刻想着游戏规则。突然之间，她有了一个不可思议的选择。她就像是中了彩票的幸运儿，可以重新安排生活，为自己购置和别人一样的空中楼阁。于是，她变成了薇洛妮克，里尔某个中学的造型艺术老师，未婚，这几天来看望自己住在巴黎郊区的父母。

"里尔学区放假了吗？"薇洛妮克问道。

这就是问题：谎言的链条容易拖得太远……

"我请假了，我父亲病了。但是……"她微笑着，"跟您说实话吧，他病得不是很厉害：我想在巴黎待几天。我应该感到羞耻……"

"他们住在哪里？我可以送您，我有车。"

"不，我可以的，真的不用了，谢谢……"

"一点都不麻烦的。"

"您太好了，不过真的不需要。"

她斩钉截铁地说，寂静又在她们之间驻足。

"他们在等着您吗？您也许该给他们打个电话？"

"哦不！"

她回答得太快了：平静，镇定，慢慢来，索菲，别乱说话……

"事实上，我应该明天早上到的……"

"啊，"薇洛妮克摁灭了她的烟，"您吃过饭了吗？"

这正是她最后能想到的事情。

"没有。"

她看了一眼墙上的挂钟，下午一点四十分。

"那么我可以请您吃午饭吗？为了道歉……为了箱子……我就住在边上。我没准备，但应该能在冰箱里找到一些吃的。"

不要再像以前那样了，索菲，记住。去没有人等着你的地方。

"为什么不呢？"她回答。

两人对视而笑。薇洛妮克去结账。路上，索菲买了两盒香烟，跟上了她的步伐。

狄德罗大街，中产阶级楼盘。她们并肩走着，继续聊些日常话题。还没走到薇洛妮克的住处，索菲已经后悔了。她应该说不，她应该离开，应该已经远离巴黎，去往不可能的地方。她因为虚弱、因为疲倦接受了邀请，于是机械地跟着。她们走进大厅，索菲作为一个偶然到来的访客，被引领着。电梯。薇洛妮克摁下四楼，电梯摇晃，作响，震动，依然向上，猛然停住，打嗝一般。薇洛妮克微笑着。

"这里不怎么舒服……"她道歉着打开包寻找钥匙。

这里不怎么舒服，但是一进门就感受到了您那有钱人的味道。公寓宽敞，真宽敞。客厅由两个房间组成，有两扇窗，右边的客厅是浅黄色，左边摆着三角钢琴，书架在尽头……

"请进吧……"

索菲仿佛进入了一个博物馆。这装修风格立即让她想起了莫里哀街的公寓，此刻，那里……

她机械地寻找时钟，在墙角壁炉上看到了一个金色的小钟，下午一点五十分。

一回到家，薇洛妮克就匆匆走进厨房，突然之间变得充满活力，甚至匆忙。索菲听到她的声音，敷衍着回答，打量这地方。她的目光又一次落到摆钟上，分针并没有走动。她深呼吸。注意你的回答，喃喃地说："是的，当然……"尝试重新提起精神。这有点像在一个被梦境骚扰的夜里醒来，发现身处陌生之地。薇洛妮克忙碌着，语速很快，她打开了壁橱，启动微波炉，用力关上冰箱门，布置餐桌。

索菲问："我可以帮您吗……"

"不，不。"薇洛妮克说。

完美的家庭小主妇，才几分钟，餐桌上就摆上了沙拉、红酒，熟练地用刀切着近乎新鲜的面包（"这是昨天的"，"很好……"）。

"那么，翻译……"

索菲寻找着话题，但这已经没有必要了。回到家中，薇洛妮克的话就多了。

"英语和俄语。我妈妈是俄罗斯人，这有帮助！"

"您翻译什么？小说吗？"

"我倒是想，不过我主要翻译技术材料：信件、宣传册等等。"

她们的对话拐弯抹角，谈论着工作、家庭。索菲临时编了一些关系、同事、家庭，一个全新而美丽的生活，用心让它尽可能远离现实。

"您的父母，他们住在哪里？"薇洛妮克问道。

"希利马扎兰①。"

脱口而出，她不知道这地名从何而来。

"他们做什么的？"

"我让他们退休了。"

薇洛妮克打开了红酒，佐以蔬菜拌猪肉丁。

"这是冰冻的，我跟您说……"

---

① 地名，距巴黎西南十八公里。

索菲突然之间发现自己饿了。她吃了，又吃。红酒给了她舒服的感觉。幸运的是，薇洛妮克的话够多，老讲些寻常话题，但十分健谈，加上一些琐事趣闻。索菲一边吃，一边抓住了某些零碎的信息：关于她的父母、学业、弟弟、去苏格兰的旅游……一段时间以后，话题枯竭。

"您结婚了？"薇洛妮克打量着索菲的手问。

不安……

"现在不是了。"

"您还戴着戒指？"

记住要取下戒指。

索菲随机应变："习惯吧，我想，您呢？"

"我倒是想养成习惯。"

她回答时露出尴尬的微笑，寻求一种女性之间的默契。在其他时候，也许会有，索菲想着，但不是现在……

"那么……"

"下一次吧，我想。"

她拿来了奶酪，这个不知道自己冰箱里有什么东西的女人……

"您独自生活？"

她犹豫着：

"是的……"

她把头埋在餐盘里，又抬起头，看着对面的索菲，似乎是在挑衅。

"从周一开始……时间不久。"

"啊……"

索菲所知道的，是她不想知道，不想掺和。她想吃完饭然后离开。她不舒服，想离开。

"有时就是这样。"她傻傻地说。

"是的。"薇洛妮克说道。

她们继续聊着，但谈话有些变味了，一种小小的个人不幸驻扎在她们之间。

电话铃声响起。

薇洛妮克转头看向过道，似乎正等着某人走进屋子。她叹口气。电话响起一声，两声。她致歉，站起来，走向过道，拿起电话。

索菲喝完了杯中的红酒，重新倒上，看着窗外。薇洛妮克推上了门，压低嗓门，但声音还是传到了客厅。尴尬的情形。她不会来到门前的过道，索菲可以穿上夹克，就这样离开，现在就走，什么都不说，像一个小偷。她听到了几个词，机械地尝试着重新组织语言。

薇洛妮克的声音低沉而强硬。

索菲站起来，走了几步，想离门远一点，但是距离没有改变什么，薇洛妮克低哑的声音听起来仿佛她就在这里，在客厅里。这是些寻常分手的激烈言辞。索菲对这个女孩的生活不感兴趣。（"结束了，我跟你说过，结束了！"）索菲走近窗户，才不在乎她失败的爱情。（"我

们已经谈过一百次了，别再重新开始了！"）她左边有个
写字台，念头刚刚萌生，她俯下身子，揣度对话的进程。
对话进行到了："让我安静些，我告诉你。"这又给了她
一点时间，她轻轻放下中间的写字板，发现深处的两行
抽屉。"这种事情，对我没有用，我跟你保证……"在第
二个抽屉里，她找到了一些两百欧元的钞票，不多。她数
了四张，放进口袋，继续搜索。"你想用这些打动我？"
她的手碰到了护照坚硬的封面。她翻开护照，决定随后再
仔细研究。她把护照揣进口袋，拿起一个已经启封的支票
本。时间够她溜到沙发那儿，把一切塞进夹克的内袋，谈
话已经到了"可怜虫！"然后是"可怜的男人！"最后是
"可怜的蠢蛋！"

电话被重重扣下。寂静。薇洛妮克停留在过道里。索
菲努力摆出合适的表情，一只手放在自己的夹克上。

薇洛妮克终于回来了，笨拙地道歉，尝试着微笑：
"对不起，您应该……对不起……"

"没什么……"索菲乘机说，"我该走了。"

"不，不，"薇洛妮克说道，"我去煮咖啡。"

"我最好还是走吧……"

"一分钟就好，我向您保证！"

薇洛妮克抬起手擦了擦眼泪，努力微笑。

"这很愚蠢……"

索菲决定再给自己一刻钟时间，之后不管发生什么，

她都要离开。

薇洛妮克在厨房里说："三天以来，他不停地给我打电话。我什么都试过了，拔掉电话线，但这会影响我的工作；让电话铃响着，我又紧张，所以我时不时地出去喝杯咖啡……他会厌倦的。不过那是个奇怪的家伙，属于那种纠缠不清的人……"

她把咖啡杯放在客厅的矮桌子上。

索菲意识到自己红酒喝多了。周围的装饰物开始慢慢在她身边转动起来，有钱人的公寓，薇洛妮克，一切开始混淆，很快出现了雷奥的脸，壁炉上的挂钟，桌上的空酒瓶，她走进孩子的房间，床上堆着被子，发出声响的抽屉，她害怕时的寂静，物体在她眼前跳舞，被她塞进夹克衫口袋的护照。一股波浪将她淹没，一切似乎都在逐渐熄灭，融化在黑暗里。她听到了薇洛妮克的声音从很远的地方传来："怎么了？"然而这是一个从深深的井底传来的声音，一个回荡的声音，索菲感到自己的身体变软，然后下陷，突然之间，一切熄灭。

那又是一个经常重现在她眼前的场景。直到今天，她还能在脑海里勾画出每一件家具，每一个细节，甚至记得客厅的墙纸。

她躺在沙发上，一条腿垂落在地面。她搓揉眼睛，寻求意识的踪影，挣扎着睁开眼睛，感到身体里某个东西在抵触，某个东西想要留在睡眠中，远离一切。从今天早晨开始，她是如此疲倦，发生了太多的事情……她终于撑起身体，转向客厅，慢慢地睁开眼睛。

桌角边躺着薇洛妮克的尸体，在一摊血迹中。

她的第一个动作是松开手中的厨刀，刀落在地板上，发出一个邪恶的声音。

就像一场梦。她站起来，蹒跚迈步，机械地在裤子上擦拭右手，但血已经凝结。她的脚踩到了地板上慢慢洇开的血迹，差点滑倒，最后及时扶住了桌子。有一刻她在摇晃。事实上，她醉了。她无意识地扯过夹克衫，拖在身后，它像是一条狗绳，像是一根灯芯。她扶着墙走，走到过道。她的包在那儿。她的眼睛再次泛起泪水，鼻子抽搐着。她跌坐下来，将脸埋在包裹着夹克衫的双臂之中。脸上有奇怪的感觉，她抬起头。夹克衫在血迹中拖过，她刚刚用它擦了脸……出去前洗个脸，索菲。洗脸。

可是她没有力气，太无力了。这一次，她躺在地上，头靠着公寓的门，准备再度进入梦乡，她准备接受一切，只要不面对现实。她闭上眼睛。突然，仿佛有一双看不见的手扶住她的肩膀，让她站起来。直到今天，她还是无法描述出发生了什么，但她又坐了下来，然后重新站起来，跟跟跄跄地站立。她感觉一个野蛮的方案在体内升起，一种动物性的东西。她走到客厅里。从她所在的位置，她只能辨认出桌子下方露出的薇洛妮克的半条腿。她走过去。尸体侧躺着，脸消失在肩膀后面。索菲再靠近一些，俯下身子：衬衫上都是发黑的血。腹部中央有一长条大伤口，刀进入的地方。公寓那么安静。她一直走进卧室。这十步路用尽了她所有的气力，她在床角坐下。卧室的一面墙边都是衣柜。索菲用双手扶住膝盖，艰难地靠近第一个衣柜，打开柜门，里面的衣服足够一个孤儿院穿的。她们的身材差不多。索菲打开第二扇门，第三扇，终于找到了一个行李箱，把它扔到床上，完全打开。她选了几条连衣裙，因为没有时间考虑用什么来搭配半裙。她拿了三条穿旧了的牛仔裤。这些事又让她活了过来。她想都不想，选择了和自己最不搭配的衣物。在后一扇门里，她找到了放内衣的抽屉。她抓起一把扔进箱子。至于鞋子，放眼望去，都是丑而又丑。她随便选了两双，还有一双网球鞋。然后，她坐到箱子上，把它关上，拖着箱子来到玄关，丢在她的手提包边上。浴室里，她不看自己，洗干净脸。她在镜子里瞥见夹克衫的右手袖子被血染黑了，立刻脱掉夹克衫，仿佛那衣服着火了一样。回到卧室，再打开衣柜，用四秒钟的时间挑选，锁定一件毫无特色的蓝色夹克，把口袋里的东西塞进那件夹克的口袋，走到门边，将耳朵贴在门板上听。

　　她清晰地看到了自己。她小心地打开门，一只手拖着行李箱，另一只手拿着手包，缓缓地下楼，提心吊胆，脸上的泪水已经干了，呼吸也几乎停止。天知道这箱子有多沉。也许是因为她已经筋疲力尽。几步路，打开车道门，走到狄德罗大街上，紧接着左转，背后是火车站。

7

她把护照放在洗手台上，翻到照片那页，在镜子里看着自己。目光走了几个来回。她重新拿起护照，查看发照日期：1993年。时间够久，可以通过。薇洛妮克·法布尔，1970年2月11日出生。相差不大。出生于谢弗洛。她甚至都想不起来谢弗洛在哪里。法国中部的某个地方？什么都说不上来，要去咨询。

翻译。薇洛妮克说她翻译俄语和英语。索菲，外语……一点英语，一点点西班牙语，现在这一切如此遥远。如果必须证明自己的职业，那就再也混不过去了，不过她不觉得会发生这样的悲剧。找一些更加冷门的语言，立陶宛语？爱沙尼亚语？

照片，非常平庸，一个普通的女人，短发，普通的五官。索菲看着镜子里的自己。她的额头更高一些，鼻子更大一些，眼神如此不同……要做些什么。她俯身打开塑料袋，袋子里塞着她刚在街边"不二价"连锁超市买来的所

有东西：剪刀、化妆包、墨镜、染发剂。她朝镜子里看了
最后一眼，开始动手。

8

　　她尝试读懂自己的命运。她站在广告牌下，行李箱
放在身边，浏览着目的地，时刻表，路线图。选择一个目
的地而放弃另一个，一切都可能颠覆。首先，避免封闭的
高铁，找一个拥挤的城市，不难融入人流。买到终点的车
票，但是提前下车，窗口的售票员可能会记起她的行程。
她拿了一堆折页画册，摊在快餐店的圆桌上，精心规划一
条线路，让她可以经过六次转车，从巴黎去往格勒诺布
尔①。旅途会很长，足够给她休息的时间。

　　自动售票机前人满为患，她来到了人工柜台前。她得
选择。不要女的，女人的目光往往很犀利。不要太年轻的
男子，否则有可能引起他的好感，让他记住她。站到柜台
末端，在等候的队伍中有了自己的位置，她感到幸福。购
票系统的运作规则是每个人依次走向空闲下来的窗口。应
该精心安排，得到她想要的那一个。

---

① 法国东南部城市。

她摘下了太阳眼镜。她早就应该摘掉的，以免引起注意。如今应该谨记这一点。等待的队伍很长，但轮到她的时间比她计划的早了一点。她谨慎地向前，假装没有看到一个插队的女人走到她的前面，来到她正在排队的窗口。让上帝去惩罚罪人吧！她努力让自己的声音变得坚定，一边假装在包里翻找，一边要一张十八点三十分开往格勒诺布尔的车票。

"我看看还有没有票。"售票员边说边敲击电脑键盘。

她没有想到这一点。她不能更换目的地，也不能不买车票，这个小小的事实可能会停留在售票员的记忆里，此刻他正盯着屏幕等待系统的回答。她不知道该做什么，犹豫着要不要转身离开，立刻去别的火车站，选择别的目的地。

"不好意思，"售票员终于回答，第一次看着她，"这趟车满了。"

他敲击键盘："二十点四十五分的还有座位……"

"不用了，谢谢……"她说得太快了，努力挤出微笑，"我再考虑一下……"

她感到情况不妙。她所说的站不住脚，这不是同样情况下一个正常的旅客会说的话，但这些话脱口而出。必须落荒而逃。她拿起手袋，后面的顾客已经等在她身后，等着她的位子。没有时间可以浪费，她转身离去。

　　现在应该找另一个窗口，另一个目的地，也是另一套战略，不同的提问方式，为了能够毫不犹豫地选择。尽管思虑周密，售票员可能会记得她的念头还是让她恐慌。就在这一刻，她瞥见了火车站大厅里"赫兹租车"①的招牌。在这个时间点，索菲的名字已经被广而告之，四处找寻，但薇洛妮克·法布尔的名字没有。她可以用现金结账，或者给支票。一辆车，意味着个人自主，行动自由，这个想法战胜了一切，她立刻推开了租车公司的玻璃门。

　　二十五分钟以后，一名多疑的员工带领她围着一辆海军蓝色的"福特嘉年华"转了一圈，以证明车况良好。她报以肯定的微笑。她有时间思考，几个小时以来第一次自我感觉良好。人们猜测她会尽快离开巴黎。顷刻之间，两个决定支撑起了她的策略：今晚，在巴黎郊区的一家旅馆里找个房间，明天，买一副车牌，准备好更换车牌的必要材料。

　　在驶向巴黎郊区的时候，她感觉到了一点自由。

　　"我还活着。"她想。

　　眼泪涌了出来。

---

① Hertz，全球知名租车行。

9

索菲·杜盖究竟去了哪里？

专家们语调正式，根据有关消息，各种预测只相差几个小时：最坏的情况，索菲·杜盖将在两周内被捕。

然而，整个法国都在寻找的这个女人消失距今已经超过八个月了。

一份又一份公告伴随着各种新闻和声明，警察和司法部门之间不停地互相推诿。

案件调查背景。

去年5月28日，中午之前，热尔韦先生和太太家的清洁女工发现了小雷奥的尸体，六岁。孩子被登山鞋的鞋带勒死在床上。调查立即展开。很快，疑犯锁定为他的保姆索菲·杜盖，父姓奥弗内，二十八岁，负责照看孩子，至今失联。最初的发现令这位年轻女士无法开脱：公寓没有被撬，热尔韦太太，即孩子的母亲早上九点左右离开时，索菲·杜盖还在公寓里，母亲以为孩子还在睡觉……验尸报告显示，当时，孩子已经死去很久，可能是夜间在睡梦中被勒死的。

警方希望尽快抓住疑犯，因为在之后的日子里，这一罪行激发了一片怒潮。案件报道如云，可能是因为受害小孩是外交部部长亲密合作者的儿子。我们记得，以帕斯卡·马里亚尼和几个协会为代表的极右派势力，其中还有一些据传已经解散了的政党，都借此要求恢复死刑，以对付那些"令人发指的罪行"，右翼的国民议会议员博尔纳·施特劳斯也就此大声呼吁。

内政部声称，这个逃亡者几乎没有机会逍遥法外。警方的快速反应不会让索菲·杜盖离开国境。机场和火车站处于警戒状态。"少数成功的逃犯必须具备经验和充分的准备"，来自刑警局的贝特朗局长自信地断言。那个年轻女人财力有限，也没有可以有效地帮助她的亲友，除了她的父亲帕特里克·奥弗内，退休建筑师，但案发后他就被警方监控了。

司法部声称，抓捕只是几天里的事情。内政部甚至预测了"八到十天"的最长期限。警方更为小心地提出了"最多几周……"。而这已经是八个多月前的事了。

究竟发生了什么？没有人确切地知道。然而事实就是这样：索菲·杜盖不翼而飞。那个年轻的女人极镇定地离开了躺着雷奥尸体的公寓，回到家中收拾证件和衣服，然后去了银行，提取了她几乎所有的现金。证据显示她曾到过里昂火车站，此后便销声匿迹。调查人员确信，孩子的被杀与她的逃匿都没有预谋。这让人担心索菲·杜盖拥有超常的应变能力。

这起案件里的一切几乎都还是谜。譬如这个年轻女人真正的杀人动机不为人所知。调查人员提到她可能因为连续经历了两场丧事而备受打击：她的母亲，她似乎非常依恋的卡特琳娜·奥弗内医生，于2000年2月死于癌症扩散；然后是她的丈夫，樊尚·杜盖，三十一岁的化学工程师，因一场车祸瘫痪，一年以后自杀。父亲似乎是她唯一的支柱，但他对以上假设持怀疑态度，拒绝与媒体沟通。

这个案子很快就成了一个令当局十分头疼的事件。5月30日，也就是小雷奥谋杀案发生两天后，薇洛妮克·法布尔的尸体被其朋友雅克·布鲁塞在她巴黎的家中发现。这位三十二岁的年轻女翻译腹部被刺数刀。尸检显示，罪行发生在索菲·杜盖逃跑的那一天，可能在下午早些时候。从犯罪现场提取的DNA的分析证实，索菲·杜盖来过这间公寓。这位年轻女性用在薇洛妮克·法布尔家中偷来的证件租用了一辆汽车。所有的目光自然转向了这个逃逸的年轻女子。

目前的情况总结：逃离两天后，年轻的索菲已经被指控犯下双重谋杀。警方严密追捕，但毫无结果……

征询证人，监视任何她可能藏匿的地方，众多的举报，到目前为止，毫无进展，人们怀疑索菲·杜盖已经成功离开了法国……司法部门和警察部门小心翼翼地互相推诿责任，但都情绪低落：年轻女逃犯目前取得的成功看来不是出于某些技术上的错误，而是凭借着她顽强的决心、算计得当的预谋（与警方的假设相反），或者非同一般的应变能力。警察局否认曾向一位犯罪情况调查专家求助……

"法网恢恢，疏而不漏"，来自四面八方的消息都向我们如此保证。现在只能等待。那就等着吧！警方祈祷，关于索菲·杜盖的下一个新闻不要又是一起新的谋杀。关于抓捕的预测，人们显然要保守许多。人们犹豫着是明天，后天，还是永远。

《晨报》2003年2月13日14点08分

10

索菲机械地走着，胯部不动，笔直前进，像一个装了发条的玩具。长时间的行走以后，她的节奏渐渐慢了下来，于是随便停在某个地方，然后再出发，始终艰涩地移动。

最近，她瘦了很多。她吃得少，胡乱吃，抽很多烟，睡不好。早晨，她突然醒来，一下子起身，什么都不想，抹去脸上的泪水，点燃第一支烟。在很长一段时间里，情况都是这样。很多天，都像这个3月11日的早晨一样。索菲住在一间远离市中心的带家具的公寓里，没有添加任何个人的东西。同样褪色的墙纸，同样陈旧的地毯，同样疲惫的沙发。她一起床就打开电视，过时的电视机收到的频道都带雪花。尽管看不看（事实上，她待在电视机前的时间可不短），电视机始终开着。她甚至养成了习惯，出去的时候只关掉声音。因为她经常很晚回家，从街上就可以看到被跳跃的蓝光照亮的公寓窗户。她回到家的第一件事是重新调大电视声音。许多个夜晚，她让电视机开着，想象在睡梦中，电视节目的声音能让她集中思想、避免噩梦。白费力气。至少在她醒来时电视还在播，早晨的天气预报。两小时后睡意离她而去，电视购物节目，她可以纹丝不动地盯上几个小时；中午时分的新闻，她自愿借此消沉。

　　大约下午两点，索菲关掉声音出门，走下楼梯，在推门之前吸上一支烟，然后像往常一样把手插进口袋，掩饰不停的颤抖。

　　"你是动动屁股还是想被踢出去？"

　　高峰时间，快餐店乱得像个蜂窝。一个个家庭在柜台前排队，大厅里都是厨房的味道，侍应一路小跑，顾客们把餐盘留在桌子上，吸烟区的塑料托盘里有被踩碎的烟头，装着苏打水的杯子打翻了，有几个掉在桌子底下。索菲埋头拖地，端着餐盘的顾客迈步跨过拖把，背后的一群高中生发出地狱般的噪声。

"别管了，"让娜说，"这是个大混蛋。"

让娜，身材瘦小的女孩，脸部轮廓分明，那是唯一能让她产生好感的人。而那个大混蛋，确切来说，一点都不大，可能有三十岁，深棕色头发，高个子，晚会明星，打领带时像是百货公司的专柜负责人，对以下三点尤其在意：工作时间、工资和女侍应的屁股。在就餐高峰期，他以团长的坚定带着他的小队伍"冲锋陷阵"，下午时分，他把手放在最有耐心的女孩们的屁股上，其他侍应已经迅速走到出口。他一切都很好。这里的每个人都知道他拿这家餐厅暗做文章，卫生只是一个装饰性的概念；知道他为什么热爱这份工作：无论年景好坏，他都能捞两万欧元黑钱进口袋，还能睡上大概十五个女侍应。她们无所畏惧，只为了获得或者保住一份收入低于所有社会标准的工作。用拖把掠过瓷砖地面的时候，索菲看到他在看她。事实上，他并不是真在看她。他在估量，带着想要什么就能得到什么的神情。他的目光很好地表达了他的情感，他的"女孩们"是他的东西。索菲继续拖地，告诉自己要赶紧换个地方。

她在这里已经工作了六个星期。他面试她的时候单刀直入，一下子就提出了一个可以解决她永久问题的方案：

"你想要工资单还是现金？"

"现金。"索菲说道。

他问："你叫什么名字？"

"朱丽叶特。"

"好吧，朱丽叶特。"

她第二天就开始了，没有劳工合同，现金支付报酬。她从不挑选工作时段，被迫接受莫名其妙的安排，甚至没有时间回家，晚班比其他人都要多，深夜回家。她装作深受其苦，事实上正合心意。她在一个偏远的街区找房子，甚至就住在夜幕降临时妓女们忙得不可开交的一条林荫大道边。她在街区里不为人知，因为她清晨离开，回来时邻居们已经坐在电视机前或者上床睡觉了。有时下班太晚，最后一辆公车也走了，她就坐出租车。她利用上班间歇做记录、另找住处和一份雇主什么都不会问的工作。这是她最开始的策略：在一处稍作停留，然后立即开始寻找另一个落脚点，另一份工作，另一个住房……永远不要停。不断地动。最开始，没有证件的流动看起来很简单，尽管十分累人。她总是睡得很少，专注于每个星期至少改变两次行动路径，不管在哪儿。头发长了，使得她可以换一个发型。她买了透明镜片的眼镜。对一切保持警惕。定期改变形象。她已经到过四座城市，这并不是其中最令人讨厌的一座。最令人讨厌的，是这份工作。

星期一是最复杂的一天：三个时间不等的班次，超过十六小时的工作。大约十一点，她走在大街上，决定坐上几分钟（"不能再多，索菲，最多十分钟。"），在露台上喝一杯咖啡。她在入口处捡起一份满是广告的免费报纸，点燃一支香烟。天空开始阴沉。喝着咖啡的时候，她开始思考未来几周（"总要提前安排，一直都要。"），漫不经心地翻阅报纸，满页满页的手机广告、无数的二手汽车信息……突然她停了下来，放下咖啡，摁灭烟头，神经质地点燃另一根，闭上了眼睛。"这太美好了，索菲，不，仔细想想。"

可她的思考毫无作用……这很复杂，但此时，眼前，她似乎找到了摆脱困境的办法，最终的方案，代价昂贵但是无与伦比的安全。

最后一个障碍，巨大的一个，然后一切都可能会发生变化。

索菲沉思了许久。她的头脑在沸腾，甚至忍不住要做记录，又给自己下了禁令。她要给自己几天时间考虑，之后，如果解决方案看起来依旧正确，她将采取行动。

这是她第一次打破常规：在一个地方停留超过了十五分钟。

索菲睡不着。在家里，她可以冒风险去做笔记，以便看得更清楚。所有的元素现在都聚在一起了，就五行字。

她重新点燃一根烟，再读笔记，然后在垃圾管道口把它烧了。现在一切取决于一个双重条件：找到合适的人，有足够的钱。到达某个地方时，她的第一个预防措施就是在火车站寄存行李箱，箱子里是潜逃时需要的所有东西。除了衣物和一切改变外表所需的东西（染发剂、眼镜、化妆品等），她的箱子里还有一万一千欧元。但这次，她不知道这要花上多少钱。如果她的钱不够呢？

怎么让这个纸牌屋立起来呢？这太疯狂了，太多的条件要满足。考虑时，似乎对每一个技术问题，她的回答都是"应该可以的"，然而，对所有次要问题的保留，让整个计划变得完全不现实。

她学会了不信任自己。这甚至可能是她做得最好的事。她深深地吸了一口气，寻找香烟，意识到只剩下一根了。闹钟显示七点半，她十一点才开始工作。

晚上十一点左右，她离开了餐馆。下午时下过雨，夜晚美丽、清新。在这个时间，她知道如果运气好的话……她走到大街上，呼吸，最后一次问自己是否还有别的办法，也清楚地知道她只有几个方案，没有比这更好的了。一切都将依靠她的直觉。直觉，你说起来容易……

汽车缓行，停下，车窗摇下，询价和评估商品。有的在道路尽头折回，驶向相反的方向。开始，当她晚归的时候，她犹豫着要不要经过那里，但绕行的路程很长。事实上，她意识到这并不让她讨厌：她已把自己和外界的联系减到最少，在这条逐渐熟悉的路上，回应那些女人们隐约亲切的致意，这让她感到欣慰，女人们和她一样，自问有一天是否能够摆脱困境。

林荫大道有几处被照亮了。第一段是艾滋病之路，非常年轻的女孩，充了电一般，似乎永远在等着下一剂药。她们足够漂亮，可以在灯光下拉客。在稍远处，其余的人躲在黑暗中。更远的地方，在完全的黑暗之中，是变性人的角落，他们的脸化妆成蓝色，在夜色中闪现，就像狂欢节的面具一样。

在比索菲住处还远的地方，有一段更加安静、更加凄凉的街道。她所想的女人在那里，五十岁左右，头发染成金色，比索菲更高大，有着容量丰富的胸，应该吸引了一些客户。她们互相打量，索菲在她面前停住。

"对不起，我想打听点事情。"

索菲听到自己的声音响起，清楚，简洁。她甚至为这份自信而感到惊讶。

她抢在那个女人回答之前补充道，"我可以付钱。"亮出她握在手心里的五十欧元。

女人盯着她看了一小会儿，然后环顾四周，含糊地微笑，用被香烟熏得嘶哑的嗓音说道："这要看什么事情了……"

"我想要一份证件……"索菲说。

"什么证件？"

"出生证明。随便什么名字，重要的是日期。或者说……是年份。您应该知道我可以找谁……"

在索菲预想的理想场景中，她可能会得到一种同情，甚至是纵容，这是一个浪漫主义的切入口，然而眼下涉及的只是一种商业关系。

"我需要这个……在合理的条件下……我只要求您告诉我一个名字，一个地址……"

"这样可不行。"

在索菲做出任何反应之前，女人就转身离去。索菲杵在那里，不知所措。女人又转过身来说："下星期再来这儿，我去打听一下……"

女人伸出手等着，眼睛盯着索菲的眼睛。索菲犹豫了一下，在她的包里翻出第二张五十欧元，钞票马上就消失了。

既然策略被打断了，也没有发现看起来更好的解决办法，索菲不想等待她第一步尝试的结果出现再开始第二步行动。也许出于想改变命运的秘密的愿望。两天后，因为在下午可以休息，她感激地出发了，选择了一个离餐馆和她的住所都很遥远的地点，在城市的另一端。

她在法德尔布大街下了公车，走了很久，带着一份地图，免得问路。她是故意经过那家公司的，不慌不忙，为了能扫一眼公司内部，但她看到的只是一间空办公室，墙上有几个文件柜和一些海报。于是，她穿过街，调转方向，走进一家咖啡馆，在那里她能看见公司正面，同时又不被察觉。蹲点观察和有意经过一样令她失望，这是一个典型的千篇一律的地方，那种让外观毫无特色，以免吓退顾客的公司。几分钟后，索菲付了咖啡钱，坚定地穿过街道，推门而入。

办公室一直是空的，但门铃很快召唤来了一个四十岁左右的女人，头发的红色有些褪去了，带着沉重的珠宝，向她伸出手来，好像她们从小就认识。

"我叫米莉亚姆·德克雷。"她自报家门。

这个名字听起来并不比她的发色真实。索菲回答说自己叫"卡特琳娜·盖哈勒"，奇怪的是，这名字听起来更好一些。

显然，公司女老板自诩深谙人心。她把胳膊肘支在办公桌上，用双手托住下巴，盯着索菲，露出既理解又苦涩的微笑，阅尽人间痛苦的模样。

"您感到了孤独，不是吗？"她温柔地低语。

"有一点……"索菲冒险回答。

"跟我谈谈您……"

索菲很快在脑子里过了一遍她耐心准备的小节目，其中所有的元素都已经过思考再思考。

"我叫卡特琳娜，三十岁了……"她说。

面谈可能持续了两个小时。索菲感觉女老板使出了所有的伎俩，让她明白自己是被"理解"的。她终于找到了她所需要的一个专心而有经验的倾听者，总之，她找对了人。她找到的是一个有着敏感灵魂的母性角色，话说到一半，这个"母亲"就已经全盘理解了，还会用表情时而表示"没有必要再多说了，我都懂了"，时而表示"我完全知道你的问题所在"。

索菲的时间不多，尽可能笨拙地询问"能让这一切成为过去"的办法，并说明她很快就得回去工作。

这种情况始终是一场与时间的比赛。一个想出去，另一个想留住。这是一场激烈的博弈，一场真正的小型战争的所有阶段都在其中加速发生：攻击，躲闪，重新部署，恐吓，佯装撤退，改变策略……

最后，索菲厌倦了。她知道了她想知道的：价格，顾客的层次，如何见面，保证。但她只能尴尬而确定地含糊其辞"我要想一想"，然后走出了门，尽可能地不打击女老板的想象力。她毫不犹豫地拒绝留下假名字、假地址和假电话号码。在走向公车的路上，索菲就知道自己再也不会回来了，但确认了自己的想法：如果一切顺利，她很快就能获得一个全新的、毫无破绽的身份。

就像被洗白了的黑钱一样，索菲。

借助一张使用假名但完全符合规定的出生证明，她剩下的事就是招聘一个丈夫，丈夫会奉献给她新的姓，无可非议，洗净嫌疑。

她将无处可寻。

一个曾是小偷、凶手的索菲将会消失，永别了，疯子索菲。

走出黑洞。

洗白了的索菲。

11

索菲没有读过多少侦探小说，但她脑子里有一些画面：暧昧的街区，小酒馆的后厅，令人反感的男人们在烟雾弥漫之中玩牌。然而现在，她却身处一间宽敞的四壁雪白的公寓，从落地玻璃窗可以俯视大半个城市。她站在一个四十多岁的男人面前，他的微笑确实勉强，但显然彬彬有礼。

这个地方简直放大了她所憎恶的一切：玻璃书柜、具有设计感的座椅、抽象派的墙饰……一个拥有大众品位的设计师的作品。

男人坐在书桌后面。索菲站着。在一个对她来说是不可能的时段，邮箱里的一张纸条把她召唤到了这里。一个简单的留言，写着地址和时间，别无其他。她只能从快餐店逃离，她的时间紧张。

"这么说，您需要一张出生证明……"男人只是看着她，说了这么一句。

"不是为了我，是为了……"

"不用解释，这不重要……"

索菲的目光集中在男人身上，她试着记住他的相貌。他更像有五十岁，除了这点，没什么可说的。普通人一个。

"我们在这个市场上的声誉无可争议，我们的产品质量很好，"男人继续说道，"这就是我们的秘密。"

声音抚慰人心而又坚定，给人被一双强壮的手保护着的安全感。

"我们向您提供一个优质可靠的身份。当然，您不能永远使用它，但在合理的时间范围内没问题，我们的产品质量无可挑剔。"

"多少钱？"她问。

"一万五千欧元。"

"我没那么多！"索菲喊道。

男人是个好的谈判者，他想了一会儿，然后坚定地宣布："我们不会降价到一万两千欧元以下。"

这价格超过了她的积蓄，即使她凑够了钱，她也会因此身无分文。她的感觉就像是在一间着火的房子里，面前有一扇开着的窗户。跳还是不跳？没有第二次机会。她试图在对话者的目光中评估自己的处境。他不再动摇。

"怎么做？"她最后问道。

"很简单……"男人说。

索菲回来的时候，快餐店人满为患，她迟到了二十分钟。在匆忙进店的那一刻，她看到了让娜冲着柜台那端做着鬼脸。索菲甚至没有时间去换上工作服。

"你是在跟我开玩笑吗？"

经理冲过来。为了不引起顾客的注意，他靠得非常近，仿佛要打她一样。他的呼吸中有酒精的味道，说话时牙关紧咬。

"你再这样做，我踹屁股让你滚出去！"

在此之后，这一天过得如在地狱一般，拖地，擦盘子，滴落的番茄酱，油烟味道，在洒翻了可口可乐的瓷砖上来来回回，满得溢出来的垃圾箱。大约七小时后，索菲意识到，因为想着事情，她已经超时工作二十分钟了。对这次无意识的超时服务，她并不感到遗憾，她尤其想知道接下来该怎么办。因为在嘈杂声中，她一直想着和那男人的见面，还有他出的价钱。立即行动，或者永远放弃。她制订的计划是有价值的，这已经不是手段或者钱的问题。至于手段，从她去公司那次起，她就知道自己可以应付。至于钱，她缺了一点。不多。一千欧元不到。

她走到更衣室，把夹克衫挂在衣架上，换鞋，照镜子。她有着黑工的疲惫脸色，几绺油腻的头发落在脸上。

还是孩子的时候，她有时会看着镜子里的自己，直视眼睛深处，一段时间之后，她会感到一种催眠的眩晕，让她不得不扶住盥洗台，以免失去平衡。她仿佛进入了身体中沉睡的未知部分。她盯着自己的瞳孔，直到眼里只有它们，但是在陷入自己的注视之前，经理的声音在她身后响起了。

"看起来没那么糟糕……"

索菲转过身来。他站在门口，一边的肩膀倚在门框上。她撩起了一绺头发，直视着他。她没有时间思考，脱口而出。

"我要提前领工资。"

微笑。无法形容的微笑，意味着所有男人，即使是最可悲的男人的胜利。

"看看！"

索菲靠着盥洗台，双臂交叉。

"一千。"

"哦，原来只要一千，就那么多……"

"这差不多是我应得的。"

"这是你月底的时候应得的。你不能等了吗？"

"不，我不能。"

"啊……"

他们面面相觑，在这个男人的眼睛里，她找到了之前在镜子寻觅的东西，一种晕眩，但这晕眩完全失去了原先亲密的一面。只是晕眩，让她全身疼痛，直到腹部。

"怎样？"她问道，想了结此事。

"我来看看……我来看看……"

男人堵住了门口，索菲突然想到几个月前站在银行门口的情形。一种令人不悦的似曾相识，但也有所不同……

她走上前要出去，但男人抓住了她的手腕。

"应该可以的，"他一字一顿清楚地说道，"明天晚上你来见我，在你下班之后。"

接着，他把索菲的手放在他两腿之间，补充道："让我们看看能做些什么。"

这就是区别所在。游戏开始了，这不是一个诱惑的尝试，而是对力量角逐的确定，两人之间的市场，每个人都可以提供对方想要的东西。非常简单。索菲甚至感到惊讶。她已经站了二十个小时了，九天没有休息过，她睡得很少，为了避免做噩梦。她疲惫不堪，没有一丝力气，她想结束，用最后最宝贵的能量付诸这个计划。现在必须全身而退，不管代价如何，无论如何都不会比现在的生活代价更高。这生活吞噬了一切，直到她存在的根源。

她想都不想就张开了手，隔着裤子抓住那男人勃起的阴茎。她盯着他，但看不见他，只是攥着他的"尾巴"，订一份合同。

走上公车的时候，她心想：如果当时他要求口交，她也会马上照办，毫不犹豫。她想着这些，不带任何感情。

这只是一个信息，仅此而已。

　　索菲整晚都在窗前抽烟。远处，在林荫大道的一边，她看到了街灯的光晕，想象着阴影里的妓女，她们在树下，跪在男人们面前，他们握着她们的头，抬头仰望天空。

　　是什么样的联想让她又记起超市里的那一幕？保安把她没有付钱、但从她包里拿出来的东西放在不锈钢桌子上。她尝试着回答问题，只希望樊尚不知道这一切。

　　如果樊尚发现她疯了，会把她送进医院。

　　很久以前，在和朋友的讨论中，他说过这话，他说如果他有这样的妻子，他会把她送进医院。他笑着，这当然是一个笑话，但她从来无法解开心结。恐惧抓住了她。也许她已经太疯狂了，不能分辨轻重，不能把这简单的话语看作一句戏言。几个月里，她一直在想：如果樊尚看到我疯了，他会把我送进医院……

　　早晨，六点左右，她从椅子上站起来，去冲澡，上班前再躺一个小时。她平静地哭泣，盯着天花板。

　　仿佛被麻醉了一样。有一种东西让她行动，她感觉自己蜷缩在身体的包裹中，就像特洛伊木马一样。马自己在动，知道要做什么。而她，她只能等待，用两只手使劲捂住耳朵。

12

那个早上，让娜灰头土脸，但当她看到索菲到来的时候，她似乎被吓呆了。

"哎，你怎么了？"她问道。

"没事，怎么了？"

"你看上去……"

"是的，"索菲回答，一边走向更衣室取她的夹克衫，"我睡得不好。"

奇怪的是，她不瞌睡，也不觉得累。也许以后会觉得疲倦。她立刻从后厅的地板开始打扫。

你想都不想，机械地拿起桶里的拖把，挤掉水，把它放在地上。当拖把变冷的时候，你把它重新浸到桶里，然后重新开始。你什么都不想。

你清空烟灰缸，麻利地擦好，把它们放回去。过一会儿，让娜会过来对你说："你看上去真奇怪……！"但你不会回答，甚至都听不到。你会给一个模糊的信号。你不说话，紧张得想逃跑，感到这念头在身体里嘶嘶作响，必须逃跑。影像将会出现，更多的影像、面孔，你会像赶苍蝇一样把它们赶走，撩起你弯腰时不停垂落的头发。之后，你将走向厨房，走进油烟味。在你身边，某人虎视眈眈。你抬起眼，是经理。你继续工作。不由自主。你知道你想要什么：离开，尽快。于是你工作。你知道该做什么，你会拼尽全力。反射作用。梦游患者。你行动，等待。你要离开，必须离开。

打仗一般的工作在晚上十一点左右结束。这一刻，每个人都筋疲力尽了，对老板来说，继续激励他的军队为第二天做准备，真是一项艰巨的任务。他四处奔走，去厨房，到餐厅，喊着："快点儿，我们可不在这儿过夜……"或者"屁股动起来，要么干活要么滚蛋！"多亏这样，到十一点半左右，一切都结束了。经理安静了，可以这么说。

之后，每个人都很快地离去。还有几个人在回家前，靠在门口抽一根烟，聊聊日常琐事。接着，老板巡查一圈，关上门，启动警报器。

所有的人都走了。索菲看看表，发现时间正好，她要在夜里一点半赴约。她走向更衣室，叠好夹克衫，关上衣柜，穿过厨房。那里，有一条走廊通向餐厅后门的小街，右边是一道门，办公室的门。她敲敲门，直接走了进去。

这是一个水泥砌起来的小房间，墙壁漆成白色，东拼西凑的家具，钢制的办公桌上放着文件、发票、电话和电子计算器。办公桌后面的家具上面是一扇肮脏的天窗，朝向餐馆后面的院子。经理正在办公室里打电话。见她推开门，微笑着一边继续通话，一边示意她进来。索菲靠在门边站着。

他说了句"再见"就挂断了电话，然后起身向她走来。

"你来提前领工资的吧？"他压低声音问道，"要多少钱来着？"

"一千。"

"这应该没问题……"他说着拉起她的右手，再次放在他的两腿之间。

确实，这没有问题。怎么发生的？索菲如今已经记不清楚了。他似乎说了句"我们彼此了解，对吧？"索菲应该是表示了同意，是的，他们彼此了解。事实上，她并没有真正在听，就像她的眩晕，从身体深处而来，却让头脑一片空白。她甚至可能因此倒下，失去重力，消失，崩溃，晕倒在地。他应该是用手扶住了她的肩膀，往下压，用足力气，索菲感觉自己跪在了他面前，这一点她似乎也记不得了。

……索菲打开衣柜，拿起夹克，但没有穿，而是把衣服搭在肩上走了出去。她在包里翻寻，一只手找东西不容易，于是她把包放在地上，继续寻找。一张皱巴巴的纸。是什么？一张超市收据，很久以前的。她继续翻，找到一支笔。她死命攥着纸片，直到那支笔自己做出了决定。她写了几句话，用力把字条塞进衣柜门缝里。然后呢？她转向左边，不，是右边，这个时候，得从后门出去，就像在银行里一样。东边的走廊还亮着灯，他会关上门。索菲在走廊里前行，经过办公室那道门，抓住铁扶手，开始推门。一阵新鲜空气，深夜的空气，瞬间吹在她的脸上，但她没有往前。相反，她转过身，看着走廊。她不想就这样结束，于是退了回来，夹克衫还挂在肩膀上。她站在办公室门前，感到很平静。她换了一只手拎着夹克衫，轻轻地打开了门。

第二天早上，让娜的衣柜里有一张字条："我们来世再见。拥抱你。"字条没有签名。让娜把它塞进口袋。餐厅里当时在场的人都聚集在大厅里，铁窗一直落下。司法人员在走廊深处全力工作，警察验证了所有人的身份，很快开始了第一轮审讯。

13

地狱般炎热。二十三个小时。索菲疲惫地倒下，却无法入睡。她听到了不远处，舞会的音乐声。电子音乐。灯光之夜。她的脑子无法抑制地记起来一些歌名。二十世纪七十年代的东西。她从不喜欢跳舞，感觉自己太笨拙，只会一点点摇摆舞，摆向这里，摆向那里，始终是一样的舞步。

一个响声让她跳了起来：最初的一波烟火。她站了起来。

她想到了她将购买的那些文件。这就是解决方案。无法逃避。

索菲将窗户敞开，点燃一根香烟，看着天空中的烟花。她安静地吸烟，没有哭。

天哪，她刚刚踏上的是怎样一条道路？

14

那个地方仍然毫无个性。供货商看着她走进来，他们俩都站着。索菲从包里拿出一个厚厚的信封，取出一沓钞票，准备数钱。

"没有必要……"

她抬起头，立刻明白有些事情不对。

"您知道，小姐，我们的工作遵从市场规律……"

男人平静地说着，纹丝不动。

"市场供求法则，和这个世界一样古老。我们的价格不和产品的真实价值挂钩，而是取决于客户的需求。"

索菲感觉到喉咙里有异物，感到很紧张。她咽了一下口水。

"自从我们第一次见面以来，"男人继续说道，"事情发生了一点变化……杜盖夫人。"

索菲感到双腿发软，房间开始打转。她扶住办公桌的一角。

"也许您更愿意坐下来……"

索菲的崩溃已经不是坐下来可以抵挡的。

"您……"她开口想说什么，但是话在半路上自我扼杀。

"别担心，您没有危险，可我们需要知道是在和谁打交道。我们会了解情况，调查您的个案，这并不容易。您是一个非常有条理的女人，杜盖夫人。警方也知道一些事情，但我们了解我们的职业，我们现在知道了您是谁，但我向您保证，您的身份将会被完全保密。我们的声誉不能受到丝毫损害。"

索菲的神智恢复了一些，男人的话仿佛要先穿透一层浓厚的雾气，才能缓慢渗入她的身体。

她终于呢喃道："这意味着……"

她的尝试到此结束。

"这意味着价格就不一样了。"

"多少钱？"

"原来的两倍。"

索菲的面容反映了她的恐慌。

"很抱歉，"男人说道，"想喝杯水吗？"

索菲没有回答。这是毁灭。

"我没办法……"她仿佛是对自己说。

"我相信可以的，您表现出了惊人的反弹能力，否则您不可能站在这里。再给一个星期时间吧，如果您愿意的话。过了这个期限……"

"我能得到什么保证……"

"抱歉，什么都没有，杜盖夫人，除了我的话。但是，请相信我，这抵得上所有的保证。"

奥弗内先生身材高大，他是那种被人们称为"常青树"的男人，意思是他老了，但老得不差。无论冬夏，他都戴着一顶帽子，那是顶粗布帽子。邮局里有点热，他把帽子握在手上。职员对他打招呼，他走上前，把帽子放在柜台边，递上转账单。他准备了身份证。索菲逃跑后，他就学会了永远不转身，因为他知道自己被监视了。也许他将一直被监视着。他在怀疑中离开了邮局，随即走进边上的小饭馆，要了一杯咖啡，并询问洗手间在哪里。信息简短："souris_verte@msn.fr"。已经二十年没有抽烟的奥弗内先生拿出特意随身携带的打火机。他点燃纸条，扔进抽水马桶。之后，他平静地喝完咖啡，胳膊支撑在吧台边上，交叉着双手托住下巴，一派悠闲的样子。事实上，那是因为他的双手在颤抖。

两天后，奥弗内先生来到了波尔多。他走进一幢老楼，大门沉重得像牢门。他对这个地方很熟悉，几年前，他在这里负责建筑翻修。他专门进出了一次，就像一只猫。他来这里是因为如果从第艾斯提安纳·多尔夫街28号进入，穿过一个个地下室后，出来便是断头路玛立弗街76号。他走出来时，小路上空无一人，一道漆成绿色的门朝向一个院子，院子朝向"巴尔多"①烟草店，"巴尔多"朝向玛利亚尼大道。

奥弗内先生安静地沿着街道上行，一直走到的士站，拦了辆车去火车站。

索菲掐灭了烟盒里最后一根烟。从早晨开始，天气阴沉。雾天，还有风。她点了一杯咖啡，这个时候，侍应空下来了，在门口闲逛，来到她的桌边。

"刮的是西风……不会下雨的。"

索菲挤出半个微笑回复他。不说话，但也不要引起注意。侍应最后看了一眼天空，似乎证实了自己的判断，回到柜台。索菲盯着自己的手表。她已经潜逃几个月了，习

---

① 法文为Balto，源自美国城市名巴尔的摩（Baltimore），烟草贸易的重要入境口岸。

惯了自我约束。十四点二十五分动身。不能早。还有准确的步行五分钟的路程。她翻着一本女性杂志,什么都没看进去。"天蝎座预测""你够时尚吗?""英国歌曲榜""怎样让他为你疯狂?""瞬间增重五公斤是可能的!"

终于到了十四点二十五分。索菲把零钱放在桌上,起身离开。

也许是西风,但冷冽异常。她竖起了夹克衫的领子,穿过林荫大道。在这个时候,长途汽车站几乎空无一人。索菲只有一个担心:父亲不能和她一样自律。也许他还在这里,也许想见她。她带着一种矛盾的解脱,注意到她的指示被严格遵循。小酒吧里没有一张熟悉的面孔。她穿越大厅,走下楼梯,抽出马桶蓄水箱后的棕色信封,松了一口气。当她走回街道时,雨水开始落在人行道上。刮的是西风。

出租车司机很耐心。

"只要里程表在转……"他说道。

大约一刻钟前,他就把车停在那里,客人漫不经心地看看车外,说:"我在等人",并用手背抹过蒙着水汽的车窗。这是一个上了年纪的男人,但仍旧英挺。一个等待红灯的年轻女子快步穿过马路,竖起夹克衫的领子,因为雨点开始坠落。她迅速扭头看向出租车,但继续前进并消失。

"好吧……"客人叹了口气说道，"我们不能等上一整天。带我回旅馆。"

奇怪的声音。

15

玛丽亚娜·勒布朗。接受现状需要一种真正的力量。索菲一直讨厌这个名字，不知道为什么。一个女同学留下的糟糕印象，也许吧！可是索菲没有选择，他们只给了她这个：玛丽亚娜·勒布朗和一个与她真实生日相差十八个月的日期。再说，这一点儿也不重要。索菲已经没有真实的年龄了，人们可以猜她三十岁，也可以是三十八岁。出生证明写的是十月二十三日。"只有三个月有效期，这给了您周旋的时间。"供应商说道。

她仿佛又看到那个晚上他把出生证明放在她面前，然后慢慢地数钱。他甚至没有流露出做了笔好生意的商人们那种满意的表情。完全是不由自主。这是个冷酷的男人。索菲甚至可能连一句话都没说。她不记得了。此后，她能想起的是她回到家，拉开壁橱，打开行李箱，不加选择，把所有东西都塞进去，然后撩起一缕散落的头发。眩晕袭来，她倚靠在厨房门上。她尽快冲了个冷水澡，水几乎是冰冷的。她穿上衣服，疲惫，迟钝，在公寓里快速地转了一圈，确保没有遗漏什么重要的东西。但无论如何，她已经什么都看不见了。她走下楼梯。这是一个缓慢而清晰的夜晚。

16

在过去的十五个月里，索菲学会了寻觅非法出租的单间、可疑的转租、黑工、"白工"，所有能让她淹没在一个新城市里的杂乱的地方。在这里，她筛选各种就业信息，始终寻找最糟糕的工作，那些不需要提供任何个人背景的工作。两天后，她加入了一个由非洲和阿拉伯妇女组成的办公场所清洁团队，管理者是一个有着极强控制欲的阿尔萨斯女人。工资每两周发一次，现金支付。据估计，当团队一半成员拥有正式工资单的时候，女性工作者的配额就已经达到了。索菲属于没有工资单的那一半。为了做做样子，她假装不满申诉，却向老天祈祷不要获得任何胜诉。

晚上十点左右，索菲站在人行道上。班车来接她，从保险公司到网络公司，轮番开往各个地方。"工作日"在早晨六点结束。半夜，在两个工作地点之间奔波的路上，她们坐在车上吃些点心。

十月一日大步走来，她只剩下两个半月的时间来完成计划，而且必须成功。月初，她开始了最初几次会面。她在一间婚介公司注册，以后再看有没有必要多选几家，但一间公司也已经不容易了。她在餐厅经理办公桌里偷来的一千四百欧元只够支付最初的费用。

她只能"在合理期限内"使用玛丽亚娜·勒布朗的身份，也就是说时间不多。因此，她给自己下了命令：接受第一个男士。可是，陷入绝境也无济于事，她从头到脚都在颤抖，眼看着瘦下去，每天只睡三小时。从第一次见面开始，索菲就明白了"第一"这个词毫无意义。她列好了检查清单：一个没有孩子的男人，一份透明的生活，其他方面都可以凑合。在中介那里，她假装对男士的选择并不固定，说了一些傻话："一个简单的男人"，"一份平静的生活"。

17

勒内·巴阿雷，四十四岁，简单而安静的男人。

约会地点选在一家小饭馆。她一眼就认出了他，脸蛋胖胖的农民，浑身散发着可怕的汗味。他长得和电话里听起来的声音很相称。这是个快乐的人。

"我是郎巴克①人。"他带着自信的神情说道。

她用了二十分钟才明白这个信息意味着他是乡村深处的一个葡萄种植者。索菲点燃了一支烟。他的手指摁住了烟盒。

"我现在就告诉您，跟我就得戒掉……"

他大气地微笑，明显是为以一种在他看来颇为柔和的方式表现了权威而自豪。他很啰唆，就像所有独居的人一样。索菲没有太多插嘴的余地，她听着，安静地盯着他，想着别的事情。她真的想要逃。想象着与这个男人最初的身体接触，她立刻需要再点燃一支香烟。他说着他自己，他的农场，他的无名指从来没有戴过戒指，或者那已经是很久远的事了。餐厅的顾客们开始点热菜，声音嘈杂，也许是因为闷热，她感到腹部慢慢传来了一种隐约的恶心。

"要注意的是，尽管我们有一些补助……您呢？"

问题突如其来。

"什么，我？"

"是的，您在想什么？您对此感兴趣吗？"

"不怎么感兴趣，事实上……"

索菲这样答道，因为不管问题是什么，这都是正确的答案。勒内应道："啊。"这男人就是个不倒翁，他总能

———————————

① 法国东北部阿尔萨斯地区城市名。

回到他的话题。真想知道这些人是怎样和他们的拖拉机度过一生的。他的词汇量有限，但某些词带着一种令人不安的坚持。索菲努力解读自己所听到的一切。

"您母亲和您一起生活……"

勒内回答"是的"，仿佛在安慰她一样。他妈妈，八十四岁而且总是"活跃得像一只鹌鹑"。这让人害怕。索菲想象着自己平躺在这个男人的体重之下，幽灵般的老女人在走廊里徘徊，棉鞋的声音，厨房的味道……瞬间，她又看到了樊尚的母亲面对着她，背对着楼梯。索菲把双手放在她肩上，用力推，老妇人的身体飞了起来，双脚甚至没有碰到最高的几步楼梯，仿佛胸部受到了机枪的扫射。

"您已经见过许多人了吗，勒内？"索菲俯身问他。

"这是第一次。"他仿佛在宣布胜利。

"那就慢慢来……"

她把出生证明放在一个透明塑料文件袋里。她害怕失去它，就像害怕失去其他许多几乎同等重要的东西一样。每天晚上，出门的时候，她都拿起文件袋，大声说话：

"我打开了壁橱门……"

她闭上眼睛，想象着动作，她的手，壁橱，然后重复："我已经打开壁橱……"

"我打开了右边的抽屉，打开了右边的抽屉……"

她把每个动作重复说好几次，努力集中注意力，尝试将语言和动作焊接在一起。一回到家，还没脱下外衣，她就跑到壁橱前去检查那个透明的文件袋是否还在原地。在把文件袋重新放进去之前，她用一个不锈钢夹子把它挂在冰箱的门上。

有一天，她也许会杀了那个她试着寻找的陌生丈夫？不。当她最后得到庇护的时候，她会随便找一个有资质的医生。她会有两个记事本，三个，如果有必要的话。她会重新记录一切，什么都不会让她分心。就像是一个孩子立下决心：如果她能脱身，她永远不会再让疯狂湮没自己。

18

五次约会以后，索菲依旧停留在原地。从理论上讲，婚介公司必须向她推荐符合条件的候选人，但"奥德赛"公司的女经理因为手头缺少男士，把她所有的资源都推荐给了索菲，就像房产经纪人，让你参观的和你寻求的毫无关联。最开始是个完全白痴的中士长，然后是一个抑郁的工业漫画人士，在三小时如同煎熬的谈话之后，索菲知道他离了婚，有两个孩子，领着失业救助，其中四分之三还得用来支付谈判失策的赡养金。

她从茶馆里出来，厌倦且疲惫，在过去的整整两个小时里，她一直在听一个曾经当过牧师的家伙吐槽，他的无名指仍然留着戒指的痕迹，也许是前一个小时才摘下来的。他要的是一种令人愉悦、"适度败坏"的婚姻生活。之后，还有一个直接和自信的高个子男人以六千欧元的报价建议给她一个"白色婚姻"①。

时间过得愈来愈快。尽管索菲一再对自己说她不是在找丈夫（而是在招募一个应聘者），这也没用：还是要结婚、睡觉、生活在一起。几个星期之后，几天之后，她甚至连选择的尴尬都没有了，只能找到什么就用什么。

时间流逝，机会也在流逝，她无法解决这个问题。

19

索菲在公共汽车上。快点行动。她凝视着眼前的空白。怎样才能快点行动？她看了看手表：只能回家睡两三小时的时间了。她累坏了，又把手伸进口袋。这种颤抖很奇怪，不时发生。她透过车窗向外看。马达加斯加②。她转过头，瞥见了那一幅引起她注意的海报。旅行社广告。

----

① 指让配偶一方获得法律所赋予夫妻双方权益之外的一种或多种利益的无性婚姻。

② 非洲岛国，从1885年到1960年受法国殖民统治。

她不确定，但站了起来，按下按钮，等待下一站停车。在公车停下来之前，她感觉走过了几公里的路。她以玩具般的机械步伐沿着林荫大道往回走。终于到了，没那么远。海报展示了一个年轻的黑人女子，天真而迷人的微笑，头上包裹着某种头巾，那东西在填字游戏里应该有个名字。在她身后，明信片式的海滩。索菲穿过街道，转过身重新望着远处的海报。思考的方式。

"当然，"中士长说，"我，我不太喜欢，您知道，我不是个爱旅行的人，但我们的工作还是允许我们去旅行的。我有一个朋友，和我一样是中士长，将出发去马达加斯加。我能理解：他的妻子是那儿的人。说到最后，你们可能不相信，没有那么多的人愿意离开本土。您知道，没有那么多……"

没有那么多……

她一路上都在想着这个问题。就在到家之前，她推开了一个电话亭的门，然后在包里翻寻。

"好吧，我知道，"小中士长腼腆地说道，"这给人印象不好，好吧。我的意思是，我不知道该怎么做……但我还不能问您要电话号码，这是我的。我私人的电话号码。万一……"

谈话结束时，军人已经没有刚到时那么神气，失去了许多征服者的感觉。

"我觉得我不是您喜欢的类型，您找的应该是更聪明的那类人。"

他笨拙地微笑。

"喂……晚上好，"索菲说，"我是玛丽亚娜·勒布朗，打扰您了吗？"

事实上，中士长并没有那么矮小，他比索菲高半个头，但他全身透露的胆怯似乎让他变矮了。索菲走进咖啡馆的时候，他笨拙地站了起来。她用一种新的方式来看他，但无论新旧，没别的什么可说的：这个人长得够丑。她试图安慰自己：只是普通了点。但有个小声音在对她鼓吹："不，丑。"

"您要点什么？"

"我不知道，一杯咖啡？您呢？"

"一样吧……一杯咖啡。"

他们俩就这样待了很久，互相笨拙地微笑。

"您打来电话我很开心……您一直像这样颤抖吗？"

"我紧张。"

"这很正常，我也是，好吧，不说我……我们之间不知道该说些什么，嗯？"

"也许是因为我们没什么可说的！"她立刻就后悔了，"我很抱歉……"

"不！我……"

"我求您了，不要说什么都加一个'不'或者'是的'……我向您保证，这让人难受。"

她直言不讳。

"我感觉像是在和一台电脑说话。"她道歉似的说。

"您说得对，这是一种职业病。您也是，在您的工作中，您应该也养成了一些习惯，不是吗？"

"我打扫卫生，所以我的习惯就是所有人的习惯。至少那些自己做家务的人都有……"

"很有趣，我第一次没有对您说，但您看上去绝对不像清洁工，而像受过更高的教育……"

"那是因为我读过书，但这对我已经没有意义了。我们下次再说这事，您不介意吧？"

"哦不，我，我什么都不介意，您知道，我应该是比较容易相处的人……"

这一句话，带着卸去警惕的坦诚，让索菲觉得生活中也许没有什么比那些容易相处的人更容易让人难受的了。

"好吧，"索菲说道，"我们再从零开始，您愿意吗？"

"可我们已经归零了啊！"

他在内心深处也许没有那么蠢。

一个小小的"为什么不"钻进了索菲的思想，但在此之前，必须知道他最大的优点，到目前为止，是可以调到国外。这点需要尽快确定。

白天快结束时，索菲鼓起勇气。他们在那里一小时了。中士长掂量着自己说的每一个字，避免因为说错话而让他刚刚爬上的小木筏无可挽回地沉入水底。

"好吧，我们去吃点东西？"索菲提议。

"如果您愿意……"

从第一分钟开始，事情就这样了：这个男人处于弱势，他是追求者，他包容她的一切。她为自己将要对他做的事感到羞愧，但她也知道她要给他些什么作为交换。在她看来，他没有输，他所寻找的，是一个女人。随便哪个女人都可以。一个女人，即使是索菲也可以。

当他们从咖啡馆出来的时候，她选择了走在他右边。他没有问，继续亲切地聊天，走在她边上。没有危险。他会去索菲带他去的任何地方。这一切有一种可怕的味道。

"您想去哪儿？"她问道。

"我不知道……去'驿站'？"

索菲确定他昨天就做好功课了。

"那是什么？"

"一家餐厅。一个饭馆……我只去过一次。但还不差。但……我不知道您是否会喜欢……"

索菲勉强挤出微笑。

"去看看吧……"

其实不太糟糕。索菲怀疑是一家给军人开的餐厅，但她没敢问。

"这很好。"她说。

"说实话，我事先想过，今天早上还来过，为了找对地方……我不太记得住，您知道的……"

"事实上，您从来没有来过，是这样吗？"

"没……我感觉到和您在一起，撒谎不是件容易的事。"中士长微笑着说。

看他在菜单上选择（她窥探他的目光是否在价目上停留许久），她问自己这样一个人怎样才能从这样一段故事中毫发无损地离开。人各有命吧！既然他想要一个女人，他就必须把自己的命交给她。总之，这是一场真正的婚姻。

"您有对女人撒谎的习惯吗？"索菲没话找话。

"就像所有的男人一样，我想，但不会更多，应该是少于别的男人，应该是平均水平。"

"那我们第一次见面的时候，您骗了我什么？"

索菲点燃一支香烟。她记起来他不抽烟。她不在乎，重要的是他由着她来。

"我不知道……我们聊得不久。"

"对于撒谎，有一些男人不需要时间。"

他盯着她。

"我无法抗拒……"

"什么？"

"与您谈话，我无法抗拒。您知道，我不是一个健谈的人，也并不出众。是的，您知道。正因为如此，您选择了我。是的，选择，我了解我自己。"

"您在说什么啊？"

"我了解我自己。"

"如果我们互相了解，可能会让交流变得更加容易。"

侍应来到他们桌前。索菲暗自打赌。

"您要吃什么？"他问道。

"牛排，沙拉。您呢？"

"好吧……"他最后扫了一眼说道，"我也要一样的：牛排，沙拉。"

赢了，索菲想。

"火候？"侍应问道。

"带血，两份都带血。"索菲摁灭烟蒂答道。

天哪，太蠢了！

"您说什么？"

"我？没什么。怎么了？"

"正因为如此，我选择了您……？这是什么意思？"

"哦，别担心。我天生不会说话，没办法。我妈妈总是说：如果田地上有堆牛粪（请原谅这个表达），它就是留给你的。"

"我有点听不懂。"

"可我不是那种复杂的人……"

"看起来不像……好吧，我想说的是……"

"不要总是道歉，否则没完没了了。"

侍应端来了一模一样的牛排和沙拉。他们开始默默地吃东西。索菲认为有必要对牛排的味道表示称赞，除此以外再也说不出一个字来。巨大的甜品阴险地横在他们中间，仿佛一摊水渍在不停漫延、漫延……

"还不错，是的……"

"是的，好吃。非常好吃。"

但她没别的可说，真的，索菲没有继续谈话的勇气，太费力气。应该吃牛排和沉默。挺住。第一次，她打量着他。一米七六，八十公斤上下。也许不算很丑，肩膀很宽，军队里体力活动很多，手大，指甲整洁。至于那张脸：一张漂亮的狗脸。如果不是剪得那么短的话，头发一定又硬又直，鼻子有些软，没有太多感情的目光。是的，不管怎样长得够魁梧。有趣的是，第一次见面她却觉得他很矮小，也许是因为他的行为举止没有摆脱童年的一面。一种天真。突然之间，索菲开始羡慕他，羡慕他的简单，这是她第一次不再鄙视他。她意识到，在这之前她一直把他当成物品，还不了解就开始鄙视。出于人类的本能反应。

"我们打了一个结，不是吗？"她最后问道。

"一个结……？"

"是的，有点谈不下去了……"

"嗯，这并不容易……"他说道，"当我们找到一个话题时，还行，我们顺着说下去，可找不到话题的时候……我们一开始聊得不错，侍应不该在那时候来。"

索菲忍不住笑了。

现在已经不累了，也没有了鄙视。那是什么呢？一种徒劳，一种虚无。也许是从他身体深处散发的虚无。

"好吧，您是做什么的？

"通信。"

"我们这样挺好……"

"什么？"

"什么通信？解释给我听？"

中士长开始滔滔不绝了。一旦说到他的领域，他有话可讲。她并不在听，偷偷看了一眼时钟。还能有别的选择吗？她在期待什么？另一个樊尚？她仿佛又看到了他们的家。那天她开始给客厅刷漆，樊尚走到她身后，把手放在她的脖子上，像这样，放在她的脖子上，索菲全身就注满了力量……

"对于通信您完全不感兴趣吧？"

"不，恰好相反！"

"相反？您很激动？"

"不，这倒也不是。"

"我知道您在想什么，您知道……"

"您确信？"

"是的。您会说'那小伙子挺好的，他那些关于通信的故事也挺有趣，但他无聊得像个死人一样'，原谅我这样说。您在看时间，您在想别的事情。您在想别的地方。最好是我告诉您，我也同样。您也让我觉得不舒服，您知道。您尝试着表现友善，因为我们别无他法，我们在这里……所以我们得说话。我们并没有太多的东西可说，我在想……"

"请原谅，我走神了，确实是这样……因为您的工作技术性太强……"

"不仅仅是技术的问题，主要是我不讨您喜欢。我在想……"

"是的。"

"我在想您为什么会给我打电话。您究竟想要什么？您的故事又是怎样的？"

"哎，这可能需要一年、两年、三年。也有人一直都没调动成功。我那个朋友，能去马达加斯加算是走运的。"

有一刻，他们在笑。快吃完的时候，她不记得是因为什么了。他们沿着河走，寒冷刺骨。走了几十步以后，她用手臂挽住了他，短暂的默契拉近了他们。说到底，他表现得没有那么差：他放弃了炫耀，说一些简单的事情："不管怎样，还是做自己好。因为或早或晚我们是什么都能看出来，不如一开始就做自己，不是吗？"

"您在说海外省和海外领地……"

"啊，不止这些！我们也可以被调到国外去。当然，这种情况更少，确实如此。"

索菲在算计。见面，结婚，离开，工作，分手。在离这里几千公里的地方会更受庇护也许是一种幻想。但直觉告诉她，她会隐藏得更好。在她思考期间，中士长列举了他已经被调职、申请调职和期待调职的朋友们。上帝，这男人真是让人厌烦，全无惊喜。

20

我害怕。所有的死人都复活了。黑夜。我可以数一数，一个一个。黑夜，我看到他们坐在一张桌子旁，肩并肩。黑夜。在桌子的尽头，雷奥，鞋带绕着他的脖子。他用责备的神情看着我，问："你疯了吗，索菲？为什么勒死我？你疯了，是真的吗？"他的目光在审问我，刺穿我。我熟悉他表示怀疑的样子，他的头倾向右边，带着思考的表情。"是的，但这不是什么新鲜事，她一直都疯。"樊尚的母亲说。她想安慰别人。我又看到了她糟糕的表情，鬣狗的目光，尖锐的声音。"在开始杀掉所有人之前，在毁掉她周围的一切之前，她已经疯了，我早就告诉樊尚，那姑娘疯了……"为了说这些，她露出确信的神情，她闭上眼睛，人们会想知道她是否会在说话时重新睁开眼。有一半时间她眼皮紧闭，似乎看向自己身体内部。"你恨我，索菲，你一直恨我，但现在你杀了我……"樊尚一言不发，摇晃着瘦削的头颅，似乎在乞求怜悯。所有人都盯着我，不再说话。

我从梦中惊醒。每当这时，我都不想再重新入睡。我走到窗前，几小时地啜泣和吸烟。

我甚至杀死了我的孩子。

21

他们约会已经两个多星期了。索菲在几个小时里摸清了中士长的脾气，现在她满足于根据他对自己的兴趣来管理他的收获，不过她依然谨慎。

他甚至谈起了《一个女人一生中的二十四小时》①，

① 奥地利作家斯蒂芬·茨威格的中篇小说。

103

假装兴致盎然。

"在小说中，只有两代女性……"索菲点燃一支香烟说道。

"我没有读过，但应该不差。"

"不，"索菲说，"这本书不差。"

她不得不从出生证明开始重新给自己编写一本完整的传记：父母，学习，一个带着神秘光环的故事，以免泄露太多。中士长表现得很谨慎。她步步为营，让他说了许多。晚上，回到家的时候，她做记录，用一个笔记本记下她所知道的关于他的一切。他的故事没什么复杂的，再说，也没什么意思。1973年10月13日出生在奥贝维埃[1]。小学一般，中学一般，电子机械的BEP[2]，参军，编入通信队伍，电信BT[3]，中士长，可以晋升到军士长。

"枪乌贼……？"

"也叫'鱿鱼'。"

他微笑着说。

"我还是点一份牛排吧！"

轮到索菲微笑了。

"您让我发笑……"

---

① 位于巴黎郊区。

② 意为"职业学校毕业证书"。

③ 意为"技师证书"。

"女人这么说的时候，通常不是好迹象……"

军人的好处，在于他们的透明度。他和最初几次约会后索菲想象中的男人像得可怕。她看到了他身上之前没有被发现的敏锐，这个男孩不是白痴，只是简单。他想结婚、生子，他很友善。索菲没有时间可以浪费，诱惑他几乎没有难度：他已经被诱惑了，任何一个女孩子在索菲的位置上都不会比索菲做得更好。索菲甚至做得更好，因为她还算漂亮。和他约会以来，她重新买了化妆品，开始注意穿着，但也不过分。时不时地，中士长很明显在梦想着一些什么。几年来，索菲没有看到一个男人向她投来渴求的目光。这让她觉得可笑。

"我想问问您，我们是要去哪里？"

"不是说去看《异形》吗……"

"不，我是说我们俩，到哪个阶段了？"

索菲当然知道他们到哪个阶段了。她只有不到两个月的时间来解决，还要预留在市政府张贴结婚预告的时间。她现在什么都不能改变了。没有时间了。和另外一个人，还得从头开始。没有时间了。她看着他，她已经习惯了这张脸，或者她真的需要他。结果是一样的。

"您呢，您知道我们到哪个阶段了吗？"她问道。

"我吗，我知道，是的。您清楚，我很想知道您为什么会改变主意，您给我打电话的时候……"

"我没有改变主意，我花了时间考虑。"

"不，您改变主意了。我们第一次见面的时候，您就已经决定了。决定'不'。我想知道您是否真的改变了主意。这又是为什么？"

索菲又点燃了一支香烟。他们在一家小饭馆里。这个夜晚前所未有地令人厌倦。看着他，她相信这个男人爱上了她。她的所作所为是否值得信任呢？

"确实，第一次见面时，我并不感到惊喜……我……"

"您还见了别的人，但更糟糕，于是您……"

索菲直视着他：

"您不是这样吗？"

"玛丽亚娜，我觉得您说谎说得不错。好吧，我想说……您会说谎，也说得很多。"

"关于什么？"

"我一无所知，也许关于一切。"

有时，她在这张脸上察觉到一种担心，这让她心情沉重。

"我想您有您的理由，"他继续说，"我有想法，但不愿意试探。"

"为什么？"

"到您想和我谈的那一天，您会说的。"

"您是怎么想的？"

"您有一些不想说的往事。我无所谓。"

他看着她，犹豫了。他买单，他冒险。

"您应该是……我不知道，我……坐过牢或者类似的事情。"

他斜盯着她。索菲飞快地思考。

"就算是这样吧，可一点都不严重，只是我不想谈。"

他以笃定的神情表示同意：

"可您到底想要什么？"

"我想做一个正常的女人，有丈夫和几个孩子。没别的。"

"可是，您看上去不像是这一类型的。"

索菲的后背发冷，她试着微笑。两人走出餐馆，夜深了，寒冷扑面而来。她挽住他的胳膊，仿佛她已经习惯了那样。她转向他：

"我很想和你一起回去，但也许这不是你的风格……"

他咽下了一口口水。

他全力以赴，事事当心。索菲哭了。他说："我们不是一定要……"她说："帮帮我。"他替她擦掉眼泪。她说："这不是因为你，你知道的。"他说："我知

107

道……"索菲觉得这个男人可以理解一切。他安静、沉着、精准，她没有想到他会具备这一切。她的身体太久没有接受过男人了。短暂的一刻，她闭上眼睛，仿佛陶醉其中，希望世界停止转动。她引导他，陪伴他，闻到了他的味道，以前离得远时她就熟悉了。这是一种渴求的男人共同的味道。她忍住了眼泪。他轻轻地在她身上，似乎在等着她，她对他微笑，说："来吧……"他有着孩子般踌躇不定的神情。她搂住他，他不是在幻想。

他们很安静，她看着时间。他们都知道没有必要说话。有一天，也许……他们是两个遭遇了生活事故的人，她第一次，想知道他的事故是什么。

"你呢，你的故事，你真实的故事又是什么？"她问，用手指绕着他的胸毛。

"我很平庸……"

索菲问自己，这是否就是他的答案。

如果是在晚上工作，一切都会被打乱。他睡去的时候，索菲起身离开家，去坐班车。

薇洛妮克和快餐店老板总是在一起。她以同样的方式杀了他们。她记不起来是怎么杀的。他们俩并排躺在太平间的不锈钢桌子上，像新婚夫妇一样，被白色的床单盖住。索菲走到桌子旁边，尽管他们都死了，他们的眼睛还睁着，用贪婪的表情盯着她的走动。他们只有眼睛能动。当她走到桌子后面的时候，血从他们的后脑慢慢流出。他们微笑着。

"是的！"

索菲突然转过身来。

"这就像是您的标记。在后脑勺上好好敲上几下。"

银行经理穿着一件淡黄色衬衫，系着绿色领带，裤子裹住了肚子，裤子拉链敞开着。他向前走，像一个病理学教授，又像教育家，自信，精准，像外科医生。他微笑着，略带嘲弄：

"也许只有一下。"

他在桌子后面，看着死者的头骨。血流到地板上，滴落在水泥地面上，溅到了他的裤腿。

"这一位，让我们来看看（他弯下腰，读着标签）……薇洛妮克，没错，薇洛妮克，腹部五处刀伤，在腹部，索菲，看您做了什么！好吧，过了。这位（他读了标签）……大卫。好，对于这位，索菲，您只要伸出手来，拿大卫纯粹用来装饰的棒球棒猛击一下，他的头骨就凹陷了下去，还带着红袜队的标记。真够愚蠢的命运，不是吗？"

他离开桌子，朝索菲走来。她的背紧贴在墙上。他微笑着走上前："然后还有我。我很幸运，没有被球棒击头，没有被快刀切腹，我逃过一劫，我没什么可抱怨的。

如果有可能，您会拿我的头撞墙，我也会和其他人一样死掉，头骨碎裂，后脑鲜血直流。"

于是索菲看到他的黄色衬衫渐渐地渗出血迹，血从他后脑流出。他微笑着说：

"就像这个样子，索菲。"

他离她很近，她闻到了他浓重的口气。

"您非常危险，索菲。可是，男人们爱您。不是吗？您杀了他们中的很多人。索菲，您要杀掉所有爱您的人吗？所有接近您的人？"

22

这些气味，这些动作，这些时刻……在索菲眼中，所有等待着她的事情都提前显现。她要知道何时离开。在恰当的时候。但这都是以后的事情，因为眼下必须表演，上演结局。没有表面的激情，而是表面的默契所带来的依恋，肤浅但寄托了希望。他们一起过了四个夜晚，这是第五个，连续两天，因为要加快行动。她成功地和另一个团队的女孩换了几天班。他来接她，她挽住他的手臂，讲述白天的事情。第二次，已经成了习惯。至于其他事情，他关心备至，甚至多虑。有时他的一举一动似乎都在游戏人生。她尝试着让他安定，尝试着在他们新建立起来的亲密中加入某些不那么假、不那么人为的东西。她在两居室公寓的煤气灶上煮煮弄弄，他慢慢地放松了下来。在床上，只要她做出第一个动作，他就有所回应。每次都是她，每次她都怕，她就是这么表现的。有时，在短短的瞬间，她觉得她可以是幸福的。这让她哭了，但他看不到，因为都是在结束的时候，他睡着了，她看着黑夜阴影中的房间。很幸运，他不打呼。

在长长的几个小时里，索菲就这样让生活的影像碾压自己。像以往一样，眼泪自己流下，不由自主。她向着她所畏惧的梦境滑去，偶尔，她碰到了他的手，靠了上去。

23

天气干冷。他们倚在铁栏杆上，焰火刚刚开始。孩子们在街道上奔跑，父母们半张着嘴仰望天空。战争的声音。有时，焰火绽放前发出可怕的嘶鸣，天空是橙色的。她靠着他。第一次，她需要，她真的需要依偎在他怀里。他用手臂搂住她的肩。可能是另一个人。是他。可能会更糟。她用手贴住他的脸颊，强迫他看着她。她吻了他。天空是蓝色和绿色的。他说着一些她听不清的话，因为那一刻有一道焰火迸发。从表情上看，他说的是好事。她点点头。

父母们召集起吵吵嚷嚷的孩子，可预见的笑话从一群人蔓延到另一群人。人们回家了，情侣们手挽着手。他们找不到适合两个人的步伐，他的步子更大一些，走得有些停顿，她微笑着，推他。他大笑，她微笑。他们停下，没有爱，但有一些让人舒服的东西，还有一些类似于极度疲乏的东西。他第一次吻她，带着一种权威感。几秒过后，新的一年就要到来，汽车喇叭已经响起，有人提前行动了，以保证自己是第一个进入新年的人。突然之间，万物齐发，叫声、鸣笛、欢笑、灯光，一种模糊的普世幸福在头顶盘旋，时机正好，快乐却是真诚的。索菲说："我们结婚吗？"这是个问题。"我很愿意……"他略显惭愧地说。她搂紧他的手臂。

就这样。

结束了。

几个星期之后，索菲会成为新娘。

永别了，疯子索菲。

一个全新的生活。

这带给她几秒钟自由的呼吸。

他微笑地看着世界。

弗朗兹

2000年5月3日

这是第一次见到她。她叫索菲，正从家里出来，无法看清她的脸。她显得有些匆忙，一上车就开走了，骑摩托很难跟上。幸运的是，在马莱①停车时她花了不少时间，这样我就可以从远处跟着。起初我以为她要去购物，如果那样我就不得不放弃跟踪了，因为太冒险。但是，很好，她只是去约会。她走进玫瑰街一家茶室，边看手表边向一个与她年龄相仿的女人走去，尽量想表现出很匆忙，但我知道她是出门晚了。公然撒谎。

过了十几分钟，我也走进茶室，在另外一个大厅坐下。从这个角度完全可以看到她，而且不被发现。索菲穿着一件印花长裙，平底鞋，浅灰色外套。从侧面看，这是个很讨人喜欢的女人，应该是男人们都喜欢的那种。而她的那个朋友，我觉得就是那种很放荡的女人，化着浓妆，盛气凌人，透着妖气，而索菲至少是自然的。她们像两个中学生一样开心地吃着甜点。从表情和笑容判断，她们应

① 巴黎的一个区域，横跨巴黎右岸的第三区和第四区，巴黎时尚最前沿的街区。

该是在谈论如何减肥。女人总是一边吵着减肥，一边又抵御不了美食的诱惑，就是这么无聊。不过索菲比她的朋友苗条。

突然后悔这样贸然跟进来，这样做很愚蠢，她很有可能注意到我，甚至会记住我的脸。为什么要在不必要的情况下冒险呢？我跟自己保证过再也不做这种蠢事了。不过，我喜欢这个女人，觉得她很真实。

我现在的心情很奇怪，所有的感官都正在觉醒。她们离开后二十分钟左右我准备离开，在去衣架取大衣的时候，一个男人正要把自己的大衣挂上去，我迅速从他大衣内侧口袋拿走了他的钱包，走了出来。钱包很漂亮，主人名叫莱昂纳尔·卡尔万，住在克雷泰伊①，1969年出生，我比他大五岁。身份证是旧版的，反正不打算用来做什么正经事，索性把照片改成自己的。我经常庆幸自己有一双巧手，如果不仔细看，根本看不出破绽。

6月15日

需要十几天的时间考虑成熟做决定。我刚刚经历了一段可怕的抑郁，多年的希望在短短几分钟内就破灭了……

_____

① 巴黎东南部郊区。

虽然不能奢望短时间内就恢复到从前，但奇怪的是我现在觉得是时候了。不知道为什么会有这种感觉。我跟踪索菲·杜盖，观察，思考……昨天晚上，在看着她公寓窗户的时候我做出了决定。她走到窗边，熟练地用力拉上窗帘，是那种小星星图案的细布窗帘。我内心某种东西被触动了，知道自己要开始行动了。无论如何，我不能就这样放弃我一直梦想的，放弃我长久以来所需要的一切。我明白，总之，索菲就是那个东西。

我打开一个本子用来做记录，有很多事情需要准备，记下来能帮助思考，因为现在看来事情比之前想象的要复杂得多。

索菲的爱人是个看上去很聪明也很自信的大个子。我觉得不错。他穿着得体，可以说很有格调，看上去很舒服。我今天一早就到他们楼下看着他离开，然后跟踪他。他们的生活状况不错，每人都有自己的车子，住在一个高档公寓里。应该是有着美好未来的幸福的一对。

6月20日

樊尚·杜盖在兰泽·杰斯莎夫公司工作，一家石油化工企业，我找到了关于这家公司的大量资料。虽然很多专业词汇无法理解，但关键信息都有。这是一家德国公司，在世界各地都有分公司，在溶剂和弹性材料方面世界领先。公司总部在德国慕尼黑，法国分公司在拉德芳斯^①（樊尚就在这里工作），还有三个研发中心在外省，分别位于塔朗斯^②、格勒诺布尔和桑利斯^③。在公司的组织结构图上，樊尚的位置相对靠上，类似于研发中心副主任的职位。他有巴黎六大的博士学位。公司宣传册上的照片跟他现在的样子差别不大，应该是近期的照片。我把照片剪下来，钉在软木板上。

索菲在佩尔西公司工作，这是一家拍卖公司（拍卖旧书、艺术品之类），我还不知道她在里面具体做什么工作。

先从最容易的樊尚入手，因为索菲的情况好像更复杂。公司没有太多关于她的信息，像这种公司，一般除了橱窗里展示的，也没有什么其他渠道可以了解信息。尽管佩尔西公司在行业内还算有点名气，但也只能得到些一般信息，对我来说远远不够。每天在鲁莱圣斐理伯地铁站，也就是他们办公室附近瞎转没什么用，还有被发现的风险。

---

① 巴黎商务区，即新凯旋门。
② 法国西南部城市。
③ 法国北部城市。

7月11日

我还需要更多索菲的详细信息，我发现她最近经常开车出门。现在是七月，人们都去度假了，巴黎变得比较清静。不用多久我就能掌握到一些信息。我找人做了新的摩托车牌照，自己装上，从昨天开始骑车跟踪她。每次停下的时候，我都在脑子里先演练一遍动作。她等红灯的时候，停在第一个位置，一切就绪，可以动手了。我很镇静，在她右边和她的车平行的位置停住，并留出足够大的距离动手。黄灯开始闪烁，我伸手拉开副驾驶车门，以最快的速度拿到她的手提包，发动摩托从前面第一个路口右转离开。几秒钟的时间里已经骑出几百米远，转了三四个弯了。五分钟后，已经在环线上了。如果事情都那么容易，也许很多乐趣就没有了。

好奇妙，一个女人的手提包！优雅，私密，孩子气！包里东西都没有分类，我整理了一下。先排除那些对我没什么用的东西：交通卡，但是我留下了上面的照片，指甲油，购物清单（可能是晚上购物要用的），黑色圆珠笔，纸巾，口香糖。剩下的都有用。

首先是能看出个人喜好的东西：丝宝丽①多效护手霜，阿尼亚斯贝②口红（完美系列，玫红色），一个内容不多的便签本，很多字都辨认不出来了，但有一个书单（瓦西里·格罗斯曼③的《生活与命运》；缪塞④的《一个世纪儿的忏悔》；托尔斯泰的《复活》；西塔提⑤的《女人肖像》；伊孔尼科夫⑥的《泥潭的最后新闻》。）她喜欢俄国作家。目前，她在读库切⑦的《圣彼得堡的大师》，读到第六十三页。不知道她会不会再买一本。

我读了几遍她的笔记，很喜欢她的字，漂亮而有活力，从笔迹就可以感受到她的毅力和智慧。

然后是隐私的东西：一小盒奈特牌迷你卫生棉条，一盒布诺芬止痛药（她有痛经吗？）。我犹豫着，在日历板上画了一个红叉。

关于个人习惯：从员工卡看，她不经常在公司餐厅吃饭，喜欢看电影（有巴尔扎克影院的会员卡），不习惯随

---

① 法国化妆品牌。
② 法国时装品牌。
③ 瓦西里·格罗斯曼（1905—1964），苏联作家，世界上用文字记录犹太灭绝营惨况的第一人。
④ 阿尔弗雷德·德·缪塞（1810—1857），19世纪法国浪漫主义诗人。
⑤ 皮埃特罗·西塔提（1930—　），意大利作家、文学评论家。
⑥ 亚历山大·伊孔尼科夫（1974—　），俄罗斯作家。
⑦ 约翰·马克斯韦尔·库切（1940—　），南非作家，2003年获诺贝尔文学奖。

身带太多现金（钱包里只有不到三十欧元），在维莱特注册了一个人工智能的学习课程。

最后，也是最重要的，公寓的钥匙、车钥匙、信箱钥匙、手机。我马上复制了所有的电话号码。有个地址簿，但是应该已经很久了，上面有各种颜色的笔迹。她的身份证，新版（1974年11月5日出生于巴黎），还有一张给瓦莱丽·若尔丹的生日卡，地址是里昂库尔福耶克街36号，上面写着：

我的小泡芙，

难以想象那个比我还小的女孩已经长大了。

你说过要来巴黎的，礼物已经在等你了。

樊尚向你问好。我嘛，我爱你。抱抱。

生日快乐，我的小泡芙。继续疯狂吧！

最后发现的是一个提供了很多宝贵信息的记事本，无论关于过去还是将来。

我复印了记事本的所有内容，把它们贴在软木板上，配了所有的钥匙（包括那些不知道用途的钥匙），然后把钱包以外的东西放到了附近的警察局门口。第二天早上，索菲拿回了她的包，也松了口气。

很有收获，干得漂亮。

这种在行动中的感觉很好。我花了那么多时间（很多年……）去思考、纠结，那些画面在脑海中挥之不去，家人的照片、父亲的兵役证、父母的结婚照。照片上的母亲那时还很漂亮。

7月15日

上周日，索菲和樊尚回父母家吃饭。我跟了他们很远，幸好有那个地址簿，才确定他们是去樊尚在蒙日隆①的父母家。我走了另外一条路，确认他们在花园里用午餐（这个美丽的夏日周末他们为什么不去度假呢？），所以下午有充足的时间。我回到巴黎，进入了他们的公寓。

刚进去的时候，感觉有些复杂，一方面很兴奋，因为能够如此接近他们的生活，去发现里面无限的可能；另一方面又有些忧伤，但不明白原因，可能需要时间去体会。不过，这个樊尚，我并不喜欢他，目前的感觉就是这样。虽然不想感情用事，但就是不由自主地讨厌他。

公寓有两间卧室，其中一间改造成了书房，里面有一个很现代的电脑工作台。这东西我熟悉，但也还是要下载技术参考。厨房很漂亮，也足够大，可以两个人共用早餐。浴室里有两个浅盆洗手池，每个洗手池上面配有一个浴室柜。不

---

① 巴黎郊区的市镇。

需要咨询价格，这样一间公寓肯定价格不菲，显然，他们两人的收入都很可观（他们的账单就放在书桌里）。

房间里光线充足，我从各个角度拍了照片，打开抽屉、衣柜和各种文件（比如樊尚的护照、索菲家人的照片、看起来像是多年前的两人的合影等）。仅凭照片就可以了解整个公寓的状况。我还去卧室看了一眼床单，看来性生活也很正常。

我什么都没有动，也没有带走，不能让他们察觉到有人来过。我盘算着下次再来的时候要拿到他们电子信箱、银行账户、MSN和公司内部网的密码。这可能需要两三个小时，所以要特别小心。这一次，我的计算机学历也总算能派上用场了。之后，就不需要再来了，除非真的有必要。

7月17日

现在不需要着急了，因为我有了索菲的电子邮箱密码，而且通过邮件得知他们去度假了，去希腊，要到8月15日或者16日才回来。这段时间我可以随时进出。

我还需要联系上一个跟他们熟悉的人，邻居或是同事，能提供一些与他们有关的信息。

8月1日

我擦亮武器。据说拿破仑需要运气好的将领，因为有时候人们虽然花了很多耐心，做了很多努力，但是运气来的时候还是容易很多。现在我就是那个犹如神助的将军，虽然每当想起母亲就会很难过。我太想她了，想念她的爱。太想她了。幸好，有索菲在。

8月10日

咨询了好几家房产中介，但都没有合适的。我不得不到处看房，虽然知道自己不会感兴趣，但还是要那么做，为的是不引起注意。确实，我的要求也很难满足。在咨询过第三家中介后，我放弃了。有那么一瞬间我开始犹豫要不要这么做，紧接着，我走在索菲住的那条街上时，又想出了一个主意，相信有些事情是有征兆的。我走进他们公寓对面的那幢楼，敲开了门房的门，里面是一个面部浮肿的胖女人。什么准备都没有，也许正因为这样，事情才出奇地顺利。我询问还有没有空的公寓出租。没有，没有"正经能住的公寓"。听到这儿，我觉得有希望。接着她领我看了顶层的一个房间，房东住在外省，把房子租给学生。里面只有一个可以睡觉的卧室和一个做饭的小角落，厕所在下面的楼梯间。今年租房的那个学生刚刚退了租，房东还没有来得及重新出租。

房子在六楼，电梯只到五楼。从五楼往六楼走的时候，我想象着索菲公寓的位置，觉得这里应该离她的公寓不远。在对面！正对面！门一打开，我立刻发现索菲的公寓就在正对面，我克制住自己，镇定地走到窗边。看过房子之后（也就是随便看一下，而且也确实没有什么可看的），门房开始介绍她给租客设定的各种规矩，不许这样、不许那样。我走到窗边，索菲的公寓就在对面，正对面。这已经不是运气了，简直有如神助。但还是要继续演好一个租房者的角色。房间里的家具都是东拼西凑的，床也凹陷了下去，但这都不重要。我假装仔细看了下水管，又看了眼几个世纪没有修过的天花板，直接问租金多少，何时能入住。对，这房子适合我。

门房仔细看着我，好像不明白为什么一个看起来不像学生的人能够忍受住在这样的地方。我知道该如何处理，我笑笑，门房也好像很久没有和像我这样的普通男人接触过了，能感觉到她被我吸引了。我解释说自己住在外省，工作需要经常来巴黎，每星期住几晚旅馆又不太划算，所以像这样的房子很合适。她说可以现在联系房东，然后我们就下楼了。她的房间就跟这幢楼一样年代久远，房间里的东西也一样。屋里充斥着蜡烛和蔬菜汤的味道，让我觉得反胃。我对气味特别敏感。

接通了房东的电话，基本上也是在唠叨一些关于规矩的话，也是个老顽固，但我还是表现得很顺从。接着，门房接过电话，估计房东是在问她觉得我怎么样。我时而假装在口袋里找着什么，时而看看这个老女人放在碗柜上的照片，假装没有在听他们通话。我很顺利地通过了考察。门房低声说："是的，我相信……"不管怎样，到下午五点的时候，莱昂纳尔·卡尔万已经是这间房子的租客了，我交了一笔可观的押金，租金三个月一付。离开前我借口要量一下面积，打算再到房间看一下，门房还把她的量衣尺借给了我。

这次，她让我自己上去了。我直接走到窗边，位置比我想象的还要好。两幢楼的顶层高度并不一样，我这边要高一些，可以更清楚地看到索菲公寓内部，而且可以从客厅和卧室两个窗户看过去。两扇窗户都挂着细布窗帘。我立刻拿出笔和小本子列出要买的东西。

离开时，我给门房留下了一笔仔细考虑过的小费。

8月13日

我很满意这副望远镜，天文商店的售货员好像完全知道我的用意。几乎所有天文爱好者都会来这家店，当然也有些条件不错的旅行者。之所以这样说，是因为售货员给我推荐了一款能安装在望远镜上的红外设备，可以在夜间使用，需要的话也可以拍摄照片。简直太完美了。现在我的房间已经安排妥当了。

门房很失望，因为我没有像其他租客一样给她留一把房间的钥匙，但我就是不喜欢她没事来监视我的地盘。另外，我对她也没有任何其他想法，可能她有。我特意把门加固，门口又多放了些摆设，不让它被轻易打开，外人很难轻易看到里面，她也很难找到合适的理由拒绝我这么做。

我在墙上挂了一个白板，准备了些记号笔，一个软木板，还有一张小桌子。我所有的东西都带了过来，然后重新买了一台手提电脑和一个小型彩色打印机。现在唯一的问题是不能随时来，至少一开始是，因为要扮演好一个住在外省、偶尔来巴黎出差的人。过段时间，我会借口说工作换了，会更频繁地来巴黎。

8月16日

自从遇到索菲后我就没有再焦虑过，只是偶尔会觉得入睡时身体僵硬。以前，出现这种状况就是夜间焦虑的前兆，接下来就会大汗淋漓地醒来。这是个好迹象，我想索菲在帮助我康复。但矛盾的是，我越是觉得心里平静，母亲就会越频繁地在梦里出现。昨天晚上，我把母亲的婚纱放在床上，它现在有些旧了，面料已经没有以前那么柔软。尽管清洗过很多次，但退两步看还是能清楚地看出污渍。那是血渍。这些污渍在很长一段时间内都让我觉得不爽。我希望这件婚纱能像婚礼那天一样完好无损。到后来，我也不再为这些污渍烦恼了，甚至不再提起，因为它们的存在对我而言已经成了一种激励。它们与我的生命同在，代表着我的存在，我的意志。

就这样，我在婚纱上睡着了。

8月17日

索菲和樊尚昨天晚上回来了。我被搞得措手不及，本想在这里看着他们回来。可今天早上醒来的时候，他们公寓的窗户已经敞开了。

没关系，我已经准备好一切迎接他们了。

明天一早樊尚出差，索菲会去机场送他。我不必起床看他们离开，可以通过索菲的电子邮件了解情况。

8月23日

现在天气热得让人抓狂，不得不穿上 T 恤和短裤。因为监视的时候不想打开窗户，所以房间里很快就热得难以忍受。我找来一个风扇，但噪声实在太大，让人心烦，索性就让汗随意流下来。

监视还是很有成果的。他们完全不担心会被人窥探，一来因为住在顶层，二来对面的这幢楼，也就是我在的这幢，只有四扇窗户能看到他们房间里，其中两扇从里面被堵死了。我的窗户又总是关着，让他们以为这个房子没有人住。我左边那间住的是个奇怪的家伙，好像是个音乐家之类的，基本都在夜里活动，总是在莫名其妙的时间出门，但非常遵守对租客的规定。

不管索菲他们几点回来，我都会守在这里等着。

我特别注意他们的一些习惯，因为习惯不会轻易改变，也不需要怀疑，所以我要从习惯入手。目前，注意的都是些小事情。比如，计算时间。从进浴室开始，索菲要在里面待上超过二十分钟来洗澡。对我来说太长了。不过好吧，她是个女人。然后，她会穿着浴袍出来，再进去做面部护理，通常最后一次进去是化妆。

计算好后，樊尚不在的时候，我就可以好好利用这些时间。她一进浴室，我就进入他们的房间，拿走她放在床头柜上的手表，离开。表很漂亮。根据后面刻字的内容，我知道了表是她父亲1993年给她的，为了祝贺她毕业。

8月25日

刚刚见到了索菲的父亲，他们看起来很像。他是昨天到的，从带的行李箱看，应该不会待太久。他是个高个子，瘦长，六十几岁，看起来非常绅士。索菲很爱他，他们会像恋人一样去吃饭。看着他们，我忍不住想象奥弗内女士，也就是索菲的母亲还活着的时候的样子。我猜想他们的谈话内容也是关于她。他们永远不会想到我的存在。如果奥弗内女士还活着，我们可能都不会出现在这儿。真够混乱！

8月27日

帕特里克·奥弗内，生于1941年8月2日，1969年获得建筑师文凭（巴黎），1969年11月8日与凯瑟琳·勒菲弗尔结婚，1971年与萨米埃尔·热内格、让－弗朗索瓦·贝尔纳一起创立了热城公司，公司先后位于巴黎朗比托街17号和图尔－蒙伯格塔街63号。1974年独生女索菲出生。

1975年奥弗内夫妇搬到巴黎意大利大道47号居住，1979年9月24日两人离异，1980年买入纽维尔—圣玛丽（77）的住宅居住。1983年5月13日与弗郎索瓦兹·巴尔雷–布鲁瓦再婚，弗郎索瓦兹于1987年10月16日去世（车祸）。奥弗内同年卖掉公司股份，独身至今。他会去参与当地社区活动，提出建筑或市政规划方面的建议。

8月28日

奥弗内先生只待了三天。索菲把他送到火车站，因为要上班工作，她没有等到火车开动。我留在那里，观察着这个男人，借机拍几张照片。

8月29日

路边总是很难找到停车位。即使在8月，也经常看到索菲在周围转来转去找车位，有时会停到很远的地方。

一般情况下，他们夫妇两个都乘地铁。因工作需要去郊区或有东西要拿的时候她才会开车。有两条街上没有安装停车收费计时器，索菲很熟悉这个街区，所以比较容易找到那几个稀有的空位。偶尔，她也会停在最近的市政停车场。

今天晚上，她快七点到家，通常这个时间已经没有空位了。因为有三个大包裹要搬上楼，她把车停在了残疾人停车位（这可不好，索菲，不是个好公民应该做的事情！）。过了一会儿，她闪电一样跑下楼挪车。我马上注意到她没有带包，包在楼上。我一秒钟都没有等，立刻去了她家。我很兴奋，脑子里已经重复过不下二十次这些动作。包在门口的杂物盘上，里面有她的新钱包，我从里面取出新身份证，把七月份偷走的那张旧的放了进去。她不会那么快就发现。那什么时候她会用到身份证呢？

我的计划才刚刚开始。

9月1日

我在看樊尚的数码相机里他们度假的照片。上帝知道，怎会拍那么愚蠢的照片，有索菲在雅典卫城的，樊尚在基克拉泽斯群岛船上的。好无聊！都已经三十岁的人了，还拍这样的照片。还有些下流照片，当然，也没什么吸引人的。索菲抚摸着自己的乳房，专注的样子（在阳光下），也有几张照片是没拍好的。他们还试着自拍，樊尚抱着索菲，不过我倒是觉得挺开心（如果可以这么说的话）。有那么四五张是在口交，索菲被拍得很清楚。我拷贝了几张电子版，也打印了几张彩色的。

9月5日

有些愚蠢的错误女人不能经常犯。今晚，到了该吃避孕药的日子，但是药盒偏偏没有今天的那一片，以前有过把今天和某一天的吃反的情况，但这次确实没有，真的少了一片。

9月10日

一切都需要技巧，要谨慎对待，像谱曲一样，每一个音符都要深思熟虑。我会在短时间内高频率地去观察索菲购物的习惯，这些习惯有时她自己都不会在意。在街角的不二价超市，索菲几乎总是购买同样的东西，走的也都是相同的路线，连从货架上取东西的姿势都几乎一样。比如，结账后，她会去面包房买面包，这时她会把购物袋放到购物车旁边的柜台上。昨天晚上，我把她购物袋里刚买的黄油和咖啡都换了，换了另外一种品牌。这些小细节，都要在暗地里慢慢进行，虽然看起来有些愚蠢，但绝不能着急，关键是要循序渐进。

9月15日

昨天，索菲在网上预订了两张10月22日沃吉哈赫剧院的票。她想去看《樱桃园》（她一直喜欢俄罗斯的东西），剧里主演的名字我永远都记不住。她订得比较早，因为这剧一定是场场爆满，没有预订就没有位子。第二天，我用她的信箱发了一封邮件，将预订时间推迟了一周。运气不错，那天还有几个位子。这次干得不错，因为根据索菲的记事本，演出那天她跟樊尚要去参加公司的晚宴，在拉泽尔。因为记事本上标注了两遍，所以晚宴应该是挺重要的。然后，我小心翼翼地把修改预订的邮件和剧院的确认回复都删掉了。

9月19日

不知道今天早上她是不是有约会，她没有准时出现。有人偷了她的车！这一次，她停在了没有停车计时器的车位，下楼的时候发现车不见了。接着，就是警察局，被盗证明，所有这些都要花时间……

9月20日

　　人们碰到这种情况，一般都希望警察抓到小偷，但一旦东西找回来，就不想去追究那么多了。索菲也是如此。她写信告诉了瓦莱丽，她什么都跟她说。警察用了不到一天就找到了她的车，就在隔壁那条街上。她去警局报警，只是因为自己忘记把车停在哪儿了。警察很好，没有追究什么责任。索菲觉得确实给警察添了不少麻烦，还有那些繁琐的手续，她对自己说下次不能再这么心不在焉了。

　　如果可以，我会建议索菲检查一下状况似乎并不太好的点火器。

9月21日

　　度假回来后，这对恋人周末总是出去，甚至平时也会有一整天都见不到人影。不知道他们会去哪儿。这个季节应该也不太适合去乡下散步了。昨天，我决定跟着他们。

　　闹钟定得很早，但真的不想起床，因为最近晚上睡眠不好，总做些激烈的梦，每次醒来都感觉很累。我把摩托加满油。一旦看到索菲拉上窗帘，就做好准备在街角等着。八点钟，他们准时出发。必须特别小心，不然会被他

134

们发现，不过该冒险的时候也必须冒险。快要上高速的时候，樊尚为了要在黄灯时通过路口，在两辆车之间变了道。我下意识地跟着，结果一时大意，没来得及踩刹车，撞到了他的车。我突然车头一歪，失去了控制，和摩托一起甩出去十几米远。说不清有没有受伤，也许只是哪里有点儿疼。我听见后面的车都停了下来，接着就像电影里突然有人切掉了声音一样，一下子安静了。我本应该是被撞晕了，糊里糊涂才对，但却异常清醒。我看见樊尚和索菲从车上下来朝我跑过来，还有其他几辆车的司机和凑热闹的人，我还没来得及站稳，这些人就已经把我包围了。当最先过来的几个人弯下身要跟我说话时，我突然感到一股巨大的力量，起身准备去骑摩托。这时樊尚出现了，我还带着头盔，面罩是拉下来的，他就那么站在我面前。"最好不要动。"他说。索菲在他旁边，嘴巴张开，担心地看着我。我从没有离她这么近过。其他人开始说话，给我提各种建议，什么警察马上就到，最好取下头盔，让我坐下，是摩托车自己滑倒了，我骑得太快，不，是汽车压线了……这时樊尚把手放到我肩膀上。我回头看着摩托，听声音，发动机还在转，好像也没有漏油。我上前一步，又一次感觉到声音被切断了，周围一片安静。突然所有人都不说话了，可能被我的举动吓到了。他们明白我是要把车重新扶起来。接着，人们又开始七嘴八舌说了起来，说得更起劲了。有几个人还想阻止我，但是我已经骑在车上准备离开了。我感觉身体冰冷，好像血都不流动了，忍不住回头看了一眼索菲和樊尚，他们也在看着我，呆呆的。我在人们的叫喊声中离开了。

他们看到了我的摩托、我的衣服，都要换掉。又要花钱。在索菲写给瓦莱丽的邮件里，她说我之所以骑车离开也许是因为车是偷来的。但愿她没有注意到我。这件小事情让他们心有余悸，在后来的一段时间里，每次看到骑摩托的人，他们的感觉都会不太一样。

9月22日

半夜醒来，大汗淋漓，胸口发紧，手脚发抖。一定是昨天被吓到了，也没什么好奇怪。梦里，樊尚敲打着我的摩托，我在柏油路上空飞着，身上的衣服也变成了白色。为什么是白色，有时候不需要多么有智慧就可以知道事情的原因。明天是母亲去世的日子。

9月23日

几天来，我一直觉得难过和郁闷，真不应该在这样的状态下冒险去骑车跟踪。从母亲去世起，我就做各种梦，梦到的经常是以前记在脑子里的真实的场景。我自己都很惊讶为什么会记得那么清楚，像拍下了照片一样。我想脑子里某个地方一定住着个放映员。有时候会出现这样的场景：母亲在窗边给我讲故事。如果没有她的声音，这些地方就会变得让人难过。她的声音穿过我的身体，我从头到脚都能感觉到她的存在。母亲每次出门前都会来跟我待一会儿，有时会有一个新西兰学生来照看我。为什么这个学生会在我梦里出现，而且比其他人都频繁？这要问一下那个放映员。母亲的英语口音非常标准，而我在语言方面并不是太有天赋，但她对我非常有耐心。最近，我又梦到了假期里的那些日子。我们俩在诺曼底的家里（爸爸只有周末才来跟我们团聚）。我们在火车上开心地笑。这一年都是这种回忆。接下来这段时间，做的又是同样的梦，放映的又都是同样的片子：母亲总是穿着白色的衣服，从窗口飞了出去。在这个梦里，她的面孔就是我最后一天见到她时的样子。那是一个阳光明媚的下午，她站在那里向窗外看了很久。她说自己喜欢树。我坐在她的房间里，想跟她说话却说不出来。她看起来很累，好像所有的力气都用来盯着外面的树。她时不时地回过头看看我，温柔地笑着。根本无法想象我此刻见到的她，就是最后一次。这种安静和充满幸福的感觉一直留在我的记忆里。母亲和我就这样在一起。我知道的。当我要离开房间的时候，她走过来亲吻我的额头，有些激动，从没有过这种感觉。"我爱你，我的弗朗兹。"我离开的时候她总是这么对我说。

接下来，我离开房间，下楼，几秒钟后，她从窗口跳下，没有丝毫的犹豫，好像我根本不存在。

这也就是为什么我这么恨他们。

9月25日

索菲得到了确认，刚刚告诉瓦莱丽他们要在巴黎北边找个房子。她好像在秘密地做这件事情，不太想让人知道。我觉得这很幼稚。

今天是樊尚的生日。我下午去了他们那儿，很容易就找到了礼物，一个书本大小的盒子，是兰姿牌子的，拜托。她把盒子放在了自己的内衣抽屉里。我把盒子拿走了，想象着晚上要送礼物时她会出现的那种慌乱而尴尬的情景。她一定会翻遍整个房子。过两天，我会再把盒子送回去。我决定把它放到浴室的柜子里，在纸巾和化妆品后面。

9月30日

我的这对邻居每天窗户大敞，所以这两天他们每天回家后我都能看到他们做爱。虽然不能完全看清楚，但还是让我很兴奋。这对年轻的爱侣好像没有什么禁忌，各种姿势都可以。我拍了照片，数码相机也足够给力。我在电脑上挑选出最好的几张，贴在软木板上，软木板很快就满了，现在房间里大部分地方都贴满了他们的照片，这让我更容易集中精力。

昨天晚上，他们关灯睡觉后，我躺在床上看着这些不那么完美的照片，身体里也感到一种欲望。我想尽快睡着。索菲很迷人，也很会做爱。我知道自己要尽可能地不对她产生感情，但已经很难不让自己不讨厌樊尚了。

10月1日

我在免费的服务器上仿造了很多账户。我的计划现在快成熟了，邮件攻击行动要开始了。索菲有时候能察觉到什么，因为有些邮件虽然当天发出去了，但显示的时间却是前一天或第二天。

10月6日

卖了旧摩托，买辆新的，重新购买护具，这些事情用了不到一个月，但我觉得好像缺少一点信心，如同一个从马上摔下来的骑士不敢再上马一样。我要克服这样的担忧，不过这次事情还算顺利。他们走的是向北的高速，里尔方向，因为前几次晚上总是能赶回来，所以应该不是太远的地方。事实是他们要在乡下找一处房子，约了桑利斯的一家中介。进去没一会儿，他们就跟一个全副武装的家伙一起走出来。那家伙西装革履，头打发蜡，夹着资料夹，这样子我倒是很熟悉，他们总能做出一副专业值得信任的样子。我跟着他们，因为都是小路，所以跟起来有些麻烦。看完第二处房子后，我想回去了。他们停在一栋房子前，边看边讨论，接着进去看了一会儿，出来后在房子周围转了一下，问中介几个问题，最后又去另一处。

他们要找一栋大房子，显然不缺钱。虽然他们看的房子都在乡下或者村口，但都有大花园。

他们周末去乡下的情况我不想花费太多精力，目前这完全不在我的计划里。

10月12日

我看了索菲做的一些测试题，看来她已经觉得记忆出现了问题。我修改了她做第二套测试题的时间，把其他测试的日期提前，这样会更加难以觉察，因为表面看并没有逻辑。索菲还不知道，但是我知道，慢慢地，我将会成为她的逻辑。

10月22日

今晚，我待在窗口等着他们从剧院回来。他们准时出发的，回来的时候看得出索菲非常懊恼，也很担忧。樊尚拉长了脸，很生气，一定是觉得自己怎么会跟一个笨蛋在一起。要知道，从这次剧院事件开始，好戏就要上演了。接下来还会继续有类似的事情发生，再后来你们就会怀疑一切。

不知道索菲有没有发现自己包里的旧身份证，当她在浴室发现樊尚的生日礼物时又会怎么想。

10月30日

索菲的情况很不好。在写给瓦莱丽的邮件里，她说了很多关于自己精神状态的事情。当然，都是些特别小的事情，如果是大事，可以试着寻找原因、自我解释，但她碰的事情都那么常见、无聊……真正让她担忧的，是类似的事情还在不断发生。忘了，不，不是那么简单。丢了一颗避孕药？一次吃了两粒没有察觉？买了不相干的东西，忘记了车子停在哪儿，忘了礼物藏在哪儿，所有这些又都无关紧要。礼物竟然在浴室，自己放的却想不起来。一封周一发出的邮件显示的却是周二，明明有演出改期的凭证却想不起来是什么时候改的。

索菲把这一切都讲给瓦莱丽听。事情一点点发生着。她没有马上跟樊尚说，但如果继续下去，她会跟他讲的。

她开始有睡眠问题。在浴室里，我发现了一种含有植物成分的药，女人吃的那种，是液体的，每晚睡前服用一勺。事情进展得比我想象的要快。

11月8日

前天我去了佩尔西公司。索菲那天没去上班，她跟樊尚一早就开车出去了。

我借口对下期的一个拍品感兴趣，跟前台一个女人聊了起来。

我的策略很简单：这里的女人比男人多。从技术角度分析，最合适的目标应该是三十五到四十岁之间的单身女性，没有孩子。

前台这个女人很胖，脸上都是肥肉，不知喷了多少香水，手上没有结婚戒指。我对她微笑的时候，她不是没有反应，在聊到下期拍品时我还开了些愚蠢的玩笑，她也觉得好笑。很明显，她对我有好感。不过还是要谨慎行事，我知道她就是我需要的那个可以提供信息的人，如果她跟索菲熟悉那就最好。如果不熟悉，也许通过聊天我能认识另外一个这样的人。

11月12日

网络上可以买到各种跟杀人有关的东西，武器、毒药、女孩、儿童，几乎所有的一切。只要有钱和耐心，像我一样。所以我找到了需要的东西。虽然花了一笔不小的数目，不过没关系，但两个月的等待，确实让我有些抓狂。尽管如此，包裹最后还是从美国寄来了，一百多粒玫红色的胶囊。我尝了下，没有任何味道，非常完美。这是一款号称革命性的减肥药，2000年卖出了几千粒，对象主要是女性。但这种药也含有一种单胺氧化酶激发剂，它能激发一种破坏神经冲动传送的酶，也就是说，这种抑制肥胖的分子也是一种能引发抑郁的分子，这也是为什么会有人服药后自杀。在美国这个所谓全世界最大的民主国家，研发这种药的实验室很容易平息了这一事件，他们通过支票这种最有效的抑制剂，避免了司法程序。产品被下架退市，但是已经卖出去的几千粒胶囊几乎没有可能追回，所以就成了黑市上交易的东西，通过网络卖到了全世界。因为有太多的女孩子宁愿死也不要胖。

我还买了氟硝安定，就是迷奸药，它可以让人反应迟钝，然后精神错乱、健忘。我并不打算很快就用，但要准备好。我还找到一种强力安眠药，有麻醉和催眠作用，说明上写道，只要几秒钟就会起效。

11月13日

最后还是下定决心了。半个月以来一直在犹豫，考虑这样做的优势和风险，研究了所有的技术方案。最终，近些年飞速发展的科学技术帮助我做了决定。需要三个麦克风，两个放在客厅，第三个在卧室。非常小，直径只有三毫米，一旦有声音就会自动开始录音，存在一个容量很大的录音带里。要做的就是把录音带取回来。我决定把它放在水表后面，只要注意自来水公司工作人员来查水表时不被他们发现就行了，而一般情况下，查水表前几天会有人在信箱里放入通知。

11月16日

效果好极了，录下来的声音很棒，就像在现场一样。不过，即使没有它，我也已经在现场。但能直接听到他们的声音还是让我很激动。

也许是对我这个发明的奖励，装上麦克风的第一个夜晚我就听到了他们做爱的声音。我觉得有些搞笑，现在，我真的知道了她很多私密的事情。

11月20日

索菲无法理解她的邮件到底出了什么问题。她刚刚新建了一个邮箱，像以往一样，怕忘记密码，就把它记在了一个不需要密码的电脑上，只要打开就能直接进入。谢谢她的信任，我可以毫不费力地获取所有密码。开始的时候，如果她修改了什么密码，我还需要花些时间破译。她在给瓦莱丽的信里提到了累，说自己不想因为这些无关紧要的小事让樊尚心烦，但又确实觉得自己总是忘事，甚至会做些出格的蠢事。瓦莱丽让她去看医生。我觉得也是。

因为睡眠越来越不好，她又换了一种药，是一种蓝色的胶囊。对我来说，操作起来更简单了，因为是胶囊，打开和合上都很容易，而且吃的时候也不会直接碰到舌头。这样正好，因为我的安眠药稍微有些味道。我学着按照索菲睡觉和起床的时间调整剂量（这个安眠药会让她轻微地打呼，从录下来的声音可以知道）。我和她一起慢慢成了这方面的专家，研究各种药的分子。现在，一切都在我的掌控中。索菲跟瓦莱丽说起自己的问题，抱怨自己总是昏睡，白天的时候也变得拖拖拉拉。药剂师建议她去看医生，可是索菲赌气不肯去，她还在服用蓝色胶囊。我自然不会反对。

11月23日

索菲竟然也给我设了一个陷阱！她在调查。近段时间以来，我知道她在试着调查自己有没有被跟踪。当然她还不知道自己被监听了。但她最近的行为让我开始担忧，如果她产生怀疑，一定是因为我犯了什么错误。我想不到问题出在哪儿，是什么时候。

今天早上，从她家离开的时候，我突然发现门口的脚垫上有一个棕色小纸片，跟门的颜色一样。一定是索菲走的时候放的，夹在门和门框之间，我开门的时候它就掉了下来。现在根本无法知道之前她具体放在哪个位置。我也不能就这样在楼梯间站着，索性再回到屋里，看看该怎么办。我决定用一个激进的办法，制造另一个陷阱。我去买了一个小号的撬棍，然后回到楼梯间，在门缝各个地方撬了几下，造成门锁被撬过的痕迹。因为被撬过，所以纸片掉下来也是很自然的事情。我不得不抓紧时间，因为连这种声响都会被录下来，而且白天的时候楼里也不是没有人。

我还是担心。要更加谨慎。

11月25日

我在不二价超市跟着她买了一样的东西，完全一样。但就在结账的时候，加了一瓶很贵的威士忌，是他们公寓吧台上的那个牌子，樊尚喜欢的……索菲在面包房排队的时候，我把袋子换了，出门时对穿灰色制服的保安说要看牢她。

我到马路对面的自动取款机取钱，那里是个观察的好地方。接着，我看到索菲惊讶地被保安拦住。

她被留在商场里一个多小时，其间两个警察来过。我不知道里面发生了什么。她很沮丧地从里面出来，这一次，应该去看医生了，没有其他可能了。

12月5日

从九月开始，佩尔西公司就定期有拍卖会，但我无法知道索菲什么时候会去，什么时候不去。昨晚九点有一次拍卖会，我一直等到九点十五分她都没有出门。看来今天她决定待在家里看电视，我只得出发。

人很多。前台那个女人在大厅入口微笑着向客人们分发印刷精美的拍品目录。她立刻认出了我，给了我一个特别的微笑，我也微笑了下，但没有表现得很过分。拍卖过程很长，等了大概一个多小时我才有机会从拍卖厅出来。她正在统计剩下的本数，并给晚到的几个客人递上目录。

我们聊了起来，我很清楚自己要做什么。她叫安德烈，我很讨厌的名字。她站着似乎比在柜台后面要胖，身上的香水味还是那么重。离得越近，我就越讨厌这种味道。我讲了几个笑话，逗她开心，然后假装要回去继续参加拍卖。刚迈出几步，我就准备孤注一掷，转身问她想不想结束后一起喝杯东西。她表现得很娇媚，但看起来很蠢，能感觉到她很乐意。但为了表现出女士的矜持，她推说结束后还有很多事情要处理，但也注意不要说得令我太沮丧。最后，大概等了她十五分钟左右。我叫了一辆出租车带她去喝东西。去的是个酒吧，在奥林匹亚音乐厅对面，里面灯光柔和，有鸡尾酒、英式啤酒，并且二十四小时提供食物。虽然很无聊，但我确定这对于以后会很有帮助。

我真的有点可怜这个女人。

昨天晚上，我看着我的爱侣们调情，索菲明显有些心不在焉，脑子里一定有其他事情。我睡得很沉。

12月8日

索菲在想是不是自己的电脑出了问题，她怀疑有人远程控制，但不知道该如何识破。这次她又新建了一个邮箱，没有把密码记在另外的电脑上，结果我花了六个多小时的时间才进去。邮箱是空的。我改了密码，现在轮到她进不去了。

樊尚明显地表现出担忧。在内心深处，他是个敏感的人。他会试探着问索菲最近怎么样，尽量表达得很委婉。在电话里，他跟母亲提到索菲时说她可能得抑郁症了。对方表现出同情的样子，看得出她有多虚伪，因为这两个女人一直互相厌恶。

12月9日

索菲与母亲的一个朋友还保持着一些联系，通过他联系到了一位专家。我不知道她脑子里到底在想些什么，但选择一个行为心理治疗师，我还是觉得好愚蠢。为什么不去看精神科医生呢？精神科医生可以比任何一个人都能让她变得更加疯狂。她从母亲那里真是什么都没学到。她来到了布尔范医生的诊所，这人就是个江湖骗子，在写给瓦莱丽的邮件里，她说医生建议她记下所有发生的事情和日期。这会让人筋疲力尽。

看来，她还是继续瞒自己的丈夫，这对我来说是个很好的信号。对我而言。对我好的事情，就是对索菲好的事情。

12月10日

昨晚听到他们两个人的对话让我非常担心，樊尚又跟她提起想要个孩子。听起来，他们已经不是第一次谈论这个话题了。索菲没有同意，但我能从她的语气里感觉到她开始慢慢被劝服。我觉得她不是不想要孩子，而是觉得应该顺其自然。事实上，樊尚自己可能也很难说清楚到底是真的想要孩子还是因为什么别的原因。他可能认为索菲现在的抑郁是由于一直想要个孩子。显然，这完全是一种简单的心理学分析。其实，关于他的妻子，我倒是可以告诉他些什么……

12月11日

几天前，我得知她今天早上要去塞纳河畔的讷伊拜访一个客户。我看着她，看着我的索菲费了好大工夫才找到一个车位。一个小时以后她回来，车子没了。这次她没有急着去警察局报案，而是在周围转来转去，果然发现车子停在远处的一条街上。她心想，这不是自己住的街区，没有那么熟悉，记错也很正常。现在她要好好地在她的小本子上做记录了！

12月12日

我讨厌在日记里提到那头讨厌的母猪安德烈，虽然她能给我提供一些有用的信息，但她的频繁出现实在让我难以忍受。

以下是我从她那儿了解到的情况。

作为公司的新闻专员，索菲有时也负责公关，比如在有著名的拍品要拍卖时。还有就是负责公司的形象宣传，她自己觉得做得不错。

索菲来公司工作两年了，她的部门有两个人，另一个是个男的，叫庞什纳，是部门负责人，这人爱喝酒，是个酒鬼。安德烈每次说到他都会撇嘴，说他身上总是有酒味。这话从一个香水味重得让人窒息的人嘴里说出来，让人觉得特别可笑。

索菲拿的是经济学文凭，她进这家公司靠的是关系，但那人已经不在公司了。

她和樊尚是1999年结的婚，在十四区区政府，确切地说是5月13日。安德烈去参加了，所以我详细地知道了冷餐吃的是什么，听起来还不错。关于其他客人的情况就一无所知了，唯一让我有些印象的一句话是，"她丈夫家里很有钱。"还有就是……索菲讨厌婆婆，觉得她很恶毒。

索菲在佩尔西公司干得不错，公司上层都很信任她。只是最近这段时间，有些传言说她不像以前那么认真了，说她会忘记约会，还丢了公司的支票本，前几个星期出门把公司的两辆车给撞了，她记录约会时间的本子找不到了，客户的机密文件也被她不小心撕了。我能明白这是为什么。

安德烈说她是一个很热情的女人，开朗，爱笑，也很坚强，但现在情况不太好，睡眠有问题，觉得很抑郁。她说自己正在看医生。说穿了，她还是很迷茫，孤立无援。

安德烈和索菲不是那种可以分享隐私的朋友关系，但公司里女职员不多，时不时会一起吃饭。所以安德烈这个观察哨还是很有意义的。

12月13日

为了准备圣诞节，所有人都忙碌起来，索菲也不例外。今晚是去FNAC①买东西。到处是人！人们在收银台前挤来挤去，收银员问要不要买购物袋，排队的人互相抱怨，一不小心就会被踩到。人们往往买完回家后，才发现买错了东西，或者根本想不起来买的东西是要送给谁的，或者想退货又发现购物小票找不到了，没办法确认，所以还是要用本子记下来。

索菲和安德烈谈的都是些无关痛痒的话题。从这个傻女人口里获得的关于索菲夫妇的信息，到底值不值得让我一直忍受她总是出现在我面前？因为这些信息大都没有什么用处。比如樊尚好像工作上受到了打击；索菲觉得在佩尔西工作没意思，母亲去世后，她就很想念自己在塞纳马恩居住的父亲；她想要孩子，但不是现在；樊尚不喜欢她

---

① 法国的零售企业，主要售卖书籍、唱片、电脑软件、数码影碟等。

的好朋友瓦莱丽等等。如果就是这些信息，我觉得应该结束与这个傻女人的联系。这实在对我帮助不大，我需要另外的信息来源。

12月14日

索菲现在会事无巨细地把做过的所有事情都记下来，有时候甚至担心自己忘了记录，有时候又发现自己一件事情记了两遍。上个月因为盗窃在超市被抓的事情还让她心有余悸。那天，保安把她关在一间黑屋子里，几个人轮流过来让她签字承认自己偷了东西。在写给瓦莱丽的信里，她说他们是一群猪，但经验丰富，特别擅长与人纠缠。起初她不明白他们的目的究竟是什么，后来警察来了，很匆忙。没什么好办法，要么选择被带到警察局，送上法庭，被控告盗窃，走司法程序；要么当场承认盗窃，签字确认，然后走人。她选择了后者，因为不能让樊尚知道，绝对不能。可怕的是，这样的事情还在发生，而且就是现在。这次，似乎更不可能瞒住了，人们在她的包里发现了香水和指甲钳。不过还算走运，她虽然被带到警察局，但两个多小时后被放了出来。樊尚在家已经等得很着急了，但她不得不对他撒谎。

第二天，她又一次找不到车，还有很多其他的东西。

对她来说，虽然把所有事情记录下来似乎是个好办法，但她在邮件里还是会写道："我变得很小心谨慎，像个偏执狂。我看自己就像看一个敌人。"

12月15日

跟安德烈的关系到了关键的时候，好像应该提出跟她上床了。她倒是没什么问题，但我不愿意。我们已经见了五次面，几乎做了所有谈恋爱应该做的无聊事，但我一直坚持自己的原则：不要谈起索菲，尽可能少谈论我感兴趣的唯一话题，她的工作。很幸运，安德烈健谈且口无遮拦，她跟我讲了很多佩尔西公司的事情，我假装很感兴趣，跟她一起嬉笑，但我没能阻止她占我便宜，她总是会在我身上蹭来蹭去。

昨天，我们看完电影后去了一个她熟悉的酒吧，在蒙帕纳斯附近。她跟几乎所有认识的人打招呼，而我觉得跟这样的女人在一起很丢脸。她话很多，每次介绍我的时候脸上都洋溢着开心的笑容。我明白她是故意把我带到这儿来的，就是要把我介绍给这些人，好像我是一个很棒的战利品，令她自豪。我必须少喝酒，保持清醒，目前也只能做这么多了。安德烈几乎到了欣喜若狂的状态。我们找了张桌子坐下，她殷勤地看着我，整个晚上都抓着我的手，还跟我说她爱死这个晚上了。从酒吧出来，我们叫了一辆出租车，我立刻意识到事情要往坏里发展了。刚刚坐好，她就扑到我身上，我处于很尴尬的位置。她看上去是喝多了，待会儿，我必须拒绝她"进去再喝一杯"的邀请。到了她家，她冲我笑了一笑，装作好像很害羞，不过刚跨过门口，她就开始吻我，真是让我恶心至极。我用尽全力在脑子里想着索菲，这样做好像有点帮助。这种情况下我本应有所防备，但事实是我从没有碰到过这种情况，我结巴着说自己还没准备好，不过我从来没有想过会跟这个女人说这样的话。她很奇怪地看着我，我尴尬地笑了一下，接着说："我想我们应该谈谈，这件事对我来说很困难。"她好像真的相信了我要跟她解释些什么，没有再坚持了。这女人应该是喜欢在男人面前扮演护士的那种，她紧紧地抓着我的手，好像在说："别担心。"我借这个机会逃走了。

我在河边走着，极力平息内心的怒气。

12月21日

前天晚上，索菲把董事会交给她的一项很重要的工作带回家里，接下来的两个晚上都工作到很晚。从我这里看过去，应该是到夜里一点。我看着她在电脑前打字，修改，重新调整，查资料，再修改，一遍一遍，两个晚上加起来应该有九个小时的工作量。索菲确实是个工作认真的人，这点毋庸置疑。就在今天早上，她发现昨晚睡前明明放在包里的光盘找不到了，于是赶忙去电脑里查看。快要迟到了，她以最快的速度重启电脑，原件也没有了！完蛋了！无奈中她花了一个多小时试着重新组织内容、查找资料，她哭了，最终还是没能完成，她出门了。我相信她肯定不好过。

　　果不其然，事情还可能更糟糕。今天是樊尚母亲的生日，从樊尚气愤的样子来看，这个男人很爱他的母亲，而索菲却拒绝参加生日会。樊尚在房间里生气地走来走去，大喊着。我等不及，想立刻听到录音的内容。她最后还是决定去，但就在出门的瞬间又发现找不到生日礼物了（礼物昨天被我拿走了，过几天我会再放回去），樊尚更生气了。他们气急败坏地离开了公寓，不用说也知道气氛会有多糟糕。他们一离开，我就上楼调配我买的那个可以引发抑郁的减肥药。

12月23日

　　索菲让我担心极了。

　　周四晚上，他们从生日晚会回来的时候，我就知道有多糟糕（索菲一直很讨厌婆婆，这种态度更不可能在现在的状况下有所改变）。他们争吵得很激烈，我想索菲可能想提早走，很难想象这是在婆婆的生日晚会上！而且她还弄丢了生日礼物。应该不会有人做出这样的蠢事！

我不知道争吵的具体内容，重要的话他们在回来的路上说过了。回到公寓后，他们就相互攻击。我无法听到所有的对话，但我确定那个老太太一定非常傲慢无礼。我同意索菲的意见，那是个讨厌鬼，说话拐弯抹角，控制欲强，虚伪，起码索菲是这样对樊尚说的。樊尚最后烦死了，大发脾气，把门摔得哐当作响，睡在了沙发上。我觉得有点缺乏新意，不过吵架大都是这样。索菲也没有消气，她本应该离开，但安眠药让她昏昏入睡，似乎陷入了昏迷。即便如此，她还是在早上自然醒来了。两人之间没有对话，各自吃着早餐。在下次困意袭来之前，她喝着茶看了下邮箱。在聊天软件上，她碰到了瓦莱丽，跟她讲了昨晚的梦。她梦到自己把婆婆从阁楼上推了下去，老人顺着楼梯滚下去，撞到墙上，又弹回来，脊椎摔断了，当场死亡。她醒来时还觉得非常真实，"太真实了，你完全想象不到有多真实。"索菲没有立刻去上班，觉得自己精神状态极差。瓦莱丽作为一个不错的朋友，陪她聊了一个小时。索菲之后决定去购物，不想让樊尚晚上回来的时候发现餐桌上除了剩饭什么都没有。她下线前这么跟瓦莱丽解释：去买点东西，喝杯浓茶，洗个澡，然后去公司告诉人们她还活着。我开始第二步行动，上楼准备她一会儿要喝的茶。

她白天没有去上班，一整天都感觉晕晕乎乎，根本想不起来自己做了什么。傍晚时分，樊尚的父亲打来电话，说杜盖女士从楼梯上摔了下来。索菲被这些事情完全搞垮了。

12月26日

葬礼今天早上举行。索菲夫妇两人昨天晚上就拿着行李离开了，表情凝重。他们应该是去陪伴父亲。索菲完全变了，她筋疲力尽，面部凹陷，机械地迈着步子，感觉随时要垮掉。

如果一定要为她现在的状态找个原因，那就是圣诞节和一楼老妇人的尸体凑到了一起。我上楼把给樊尚母亲的生日礼物放到了索菲的物品里。我想等他们下葬回来，这个发现又会是一个引爆点。

2001年1月6日

索菲意志极度消沉。婆婆去世后，她就对未来感到深深的忧虑。得知她被警察调查时，我也很紧张，幸运的是这只是例行公事，结论是意外死亡。但索菲跟我一样，知道这跟我们有什么关系。现在我要加强对她的保护，什么都逃不过我，除了索菲自己。我觉得自己的警惕性异常敏锐，像刀片一样锋利，有时我都为此感到害怕。

自从这些天的事件以后，索菲更不能跟樊尚说她的问题了，变得更加孤独。

1月15日

今天早上，他们又出发去了乡下。他们已经很久没有去瓦兹省了，我在他们离开后半小时出发，在北上的高速超过他们，在桑利斯的出口处安心地等着他们。现在跟踪他们对我来说已经不是难事了。他们先去了一家房产中介公司，但没有中介的人陪着出来。我还记得他们看过的那套房子，在克雷皮昂瓦鲁瓦一个偏僻的村子，看样子他们是去那儿了，但我猜错了。就在我以为跟丢了的时候，我却在几公里外的地方发现了他们的车，停在一个栅栏前。

这里是一幢很大的房子，处处感觉很不寻常：巨大的砖石结构外墙，木质阳台，应该是一个很讲究的设计师的作品，有很多很隐蔽的角落。一个旧谷仓可以用来做车库，外面还有个屋棚。一般情况下，模范丈夫们都要自己动手改造一下。房子位于花园中央，花园四面是墙，北面墙体的几块石头没了，我就是从这里进去的，摩托车停在房子后面的小树林边。我巧妙地和他们会合，用望远镜观察他们。二十分钟后，我看到他们相互搂着腰在花园里走着。他们低声说着什么。真是蠢，好像有人能听到似的。这个荒废的花园后是栋空房子，一个沉睡的村庄。好吧，这可能就是爱情。虽然樊尚的表情好像有些窘迫，但总体来说他们感觉还不错，还算开心，特别是索菲。她时不时拉着樊尚的胳膊，好像要证明自己的存在和对他的支持。两个人就这样在冬日的花园里挽着手散步，不过看起来有些凄凉。

他们走进房子之后，我也不知道该做什么。因为还不熟悉这儿，我担心有人路过，很难在这种地方做到真正心平气和。虽然周围死一般寂静，但当我真的想独自一人的时候，又碰到了开着拖拉机路过的愚蠢的农民、盯着我上下打量的猎人和骑自行车去树林建木屋的家伙。我等了一段时间，见他们没有出来，就决定自己往前走走看。突然，一种预感让我往房子后面跑。我跑得直喘粗气，不得不停一两分钟等心跳平缓下来，然后仔细倾听周围。没有任何声音。我沿着房子外围继续走，小心看着脚下，在一扇窗前停下来，百叶窗下面的叶片没有了。我脚踩石头，看到里面是厨房，样式老旧，要花不少功夫来装修。不过这对鸳鸯可并不这么认为。站在水槽边的索菲裙子提到胯部，樊尚的裤子掉到脚踝，正专心亲吻着他的爱人。看来母亲的去世也没让这个男人失去所有的能力。从我这里看去，只能看到他收紧后背和屁股，进入她体内。真是滑稽！但美丽的，却是索菲的脸。她抱紧爱人的脖子，好像捧着一个花篮，踮着脚，闭着眼，如此兴奋，以至于面部都变了形。一个美丽的女人，面孔苍白而紧绷，像睡着了一样，即使在这种放松中还是能感到一种绝望。我拍了几张照片。那个呆子身体抽动得越来越快，越来越用力。她张开嘴，瞪大眼睛，叫喊声突然变大。很好，我杀死她那天希望她也这样。她身体往后仰，一阵痉挛过后，头突然搭在了樊尚肩上，颤抖着咬着樊尚的外套。

高潮吧，我的天使；享受吧，享受吧……

从那天起，我就没在浴室见过避孕药了。他们终于决定要一个孩子。我没有为此惊慌，相反，这给了我灵感。

他们回了巴黎。我等到中午中介关门，这时，橱窗上那套房子的状态变成了"已售"。好，我们要在乡下过几个周末了。为什么不呢？

1月17日

想法是很奇怪的玩意儿，当你脑子闲下来的时候它们就会出现。就像前天，我在他们公寓里漫无目的地溜达，不知道为什么突然间对索菲放在书桌旁边地上的一摞书有了兴趣。最上面的两本都是从新闻资料中心借来的：一本是阿尔贝·伦敦①的传记，另一本是《英法新闻及公关词汇》，两本都是同一天借的。我把书还了回去。在新闻资料中心，如果读者着急，可以把书直接放在柜台上，避免长时间等待。我觉得这很人性化。

1月18日

索菲应该把这件事也记下来。她没有看到电话催费单，两次了。樊尚很不高兴，索菲哭了。最近情况不好，他们经常吵架，但索菲努力注意自己的行为、樊尚的情绪和所有的一切，甚至试着不要做梦。她打电话给治疗师，看能不能提前去就诊。她无法控制自己的睡眠，有时嗜睡，有时睡不着，常常睡起来像昏过去一样，然后又会几个晚上彻夜难眠。她站在窗口抽烟的时间越来越长。我担心她会感冒。

1月19日

这个婊子！我不知道她在搞什么鬼，也不知道她是不是故意的，但是我真的怒了！我在想她是不是觉察到了什

① 阿尔贝·伦敦（1884—1932），法国记者、作家，以他的名字命名的阿尔贝·伦敦奖为法国新闻界的最高荣誉。

么，是不是在想办法抓到我。确定她有约会出门后，我去她书桌的抽屉里准备偷走她的记事本，那上面记的是她在家里做了什么和应该做什么，那是一个魔力斯奇那①黑色本子。我很熟悉，因为经常看。但打开的一瞬间我发现，里面竟然是空的，一样的本子，但空的！什么都没有！也就是说她有两个本子。我在想这个是不是专门给我设的圈套。她应该在今晚发现本子不在的。

考虑过后，我觉得她应该不会觉察到我的存在。但如果她真的觉察到了，我还会看到别的迹象，不过目前其他都很正常。

我不知道该怎么想。事实上，记事本事件确实让我担心。

1月20日

肯定有一个正义之神存在。我相信我已经走出困境。说实话，我得承认我真的害怕过：我不敢去索菲家，总觉得很危险，有什么东西在窥探我，我迟早会被抓。应该是这样。

到了她家，我把那个空本子放回原处，必须翻遍公寓找到另一个本子。我确定她不会把它带出去，因为她始

① 意大利文具制造商，其设计的笔记本奢华时尚，深受欧洲艺术家和知识分子的喜爱。

终担心自己会把它丢到外面，这种想法帮了我。我需要点儿时间，但每次去她家我都不喜欢久待，因为我知道这不能久待，我要尽可能降低风险。这次竟然花了一个多小时！我的橡胶手套里都是汗，要随时注意楼里的一切声音。我很焦虑，不知道如何克服。慢慢地我产生了恐惧。突然，找到了，在卫生间抽水马桶后面。不过这也并不是好事情，说明她开始怀疑了。不一定是我，可能是别的什么人。我想她怀疑的也许是樊尚，如果这样的话倒好了。我正要把本子拿出来的时候，突然听到了开门声。我在卫生间，门是半开的，我的反应是不要伸手关门，因为这扇门在走廊尽头，正对着大门！如果进来的是索菲，那就完了，女人回家总是第一时间冲进卫生间。是樊尚，是一个男人的脚步声。我的心扑通直跳，什么都听不到，也无法思考，我害怕极了。樊尚路过卫生间，把门向里推开，向我的方向，我吓死了，站在隔板边，不敢动弹，差点晕倒，恐惧得想吐。樊尚去了书房，打开立体声音响。万幸，恐惧救了我。我立刻打开门，踮着脚尖跑出卫生间，穿过走廊，开门来到楼梯间，没来得及关门，飞奔下楼。在这一刻，我相信一切都要完蛋了，我不得不放弃。我感到了巨大的绝望。

母亲的样子挥之不去，我开始哭。她好像又死了一次。我不由自主地，紧紧抓住口袋里索菲的记事本。我走着，眼泪流了下来。

1月21日

听录音带的时候，昨天的一幕好像重演了一遍。真是太可怕了！我听到了音响打开的声音（应该是巴赫的曲子），听到了鞋子在走廊上踩过的声音，但是不清楚。更清楚的是樊尚后来的脚步声，径直走向大门，然后一段时间的安静，接着是门重新关上。我想他是在想是否有人进来了，也许他去楼梯间看了一下，又上下楼转转，或者看了看楼梯间的扶手。门被用力地关上了。他应该是觉得自己刚才进门时没有关好，就是这样。晚上，他甚至没有跟索菲提起这件事。如果说了那就糟糕了。想起来真可怕！

1月23日

她愤怒地给瓦莱丽写邮件，说起记事本的事情。早上和治疗师见面，她也提到自己找不到记事本，她确定藏到了卫生间，但今天早上就是不见了。她为这事还哭了，觉得紧张，刺激，疲劳，意志消沉。

1月24日

与治疗师见面。她谈起记事本丢失的事，治疗师说如果对某件事情过于在意就会这样。总之，在他看来这很正常，一点都不奇怪。说到关于婆婆的那个梦时，她哭了起来，告诉他，现实中发生的一切竟然跟梦中完全一样，而且，她完全记不起自己白天做的事。治疗师安静地听着，不相信现实会在梦里有预兆。他用一个她不怎么理解的理论来解释，当然她也没有认真去听，因为她现在的思维好像是停滞的。治疗师把这称为"小小的不愉快"，最后还问她是不是要休息一下。她最害怕的就是让她去休息，觉得这是要监禁她。我知道她怕极了。

瓦莱丽很快回复了她的邮件，她是想告诉索菲自己就在她身边。瓦莱丽很能感觉到，我知道的，索菲没有跟她说出所有的事情。这可能是一种神奇的态度。她没有提到的那些就不存在或者不会有恶劣的影响。

1月30日

我开始对手表事件感到绝望。父亲给的表丢了已经五个月。上帝知道她当时是如何翻箱倒柜想找到它，但没有找到。表真的丢了。真是悲哀！

后来，索菲突然看到了它。猜是在哪儿？在她母亲的首饰盒里！在首饰盒的最里面。当然，她不是每天都打开首饰盒，里面的东西她也不戴。说起来，从八月底开始，她应该就打开了五六次。她竟然很清楚地回忆起从假期开始打开盒子的次数，还列表给瓦莱丽，好像要向她证明什么，这样做太蠢了。不过，她从来没见过这块手表，当然，手表也不在表面，但盒子并不深，也没有那么多东西在里面……可她是怎么样又为什么要把表放到这里呢？真是不可理解。

找到表后，索菲好像也没有很高兴。这块表，是她的极限。

2月8日

丢钱并不奇怪，但如果突然间多出很多，这就不正常了，特别是在没有原因的情况下。

我的朋友索菲和樊尚在做计划，索菲悄悄跟瓦莱丽在邮件里提到过，说自己"现在还不确定"，很快会说给瓦莱丽听，她将是"第一个"知道的。索菲决定卖掉她五六年前买的一幅画，她把画放到了以前熟悉的拍卖行里，先后有一男一女来看画。前天，索菲决定以两千七百欧元的价格卖掉，条件是只收现金。看来她很满意，把钱放到小写字台的一个信封里，但她并不喜欢在家里放太多现金，所以，今天早上让樊尚把钱拿到银行存起来。之后事情就开始无法解释了，樊尚好像对这件事情非常震惊。好像从这时起，他们就开始无休止地争吵，因为在信封里有三千欧元，而索菲确定地说是两千七百，樊尚坚持说是三千。我接触过这类夫妇，觉得很滑稽。

樊尚用奇怪的眼神看着索菲，说最近一段时间她行为奇怪。索菲本以为他不会觉察到，听到这话她哭了。他们认真谈了一下，樊尚说要去看医生，现在是最好的时间。

2月15日

前天，索菲反复回忆，借书卡不会说谎，是借了两本书。之所以记得很清楚是因为她都看过几页。没有认真读，只是翻阅了几页。当时决定借也是出于好奇，因为几星期前读的一篇文章，这些都不会错。书又找不到了，阿尔贝·伦敦的传记和一本专业词典。现在的一切都让她发疯，一点小事就让她焦虑不安。她打电话给资料中心要求续借，但被告知书已经还回去了。工作人员还告诉了她还书的日期，一月八日。她看了下记事本，那天她去郊区见一个客户。应该是路过的时候还的，但她完全想不起来了。她问了樊尚，但没有追问下去。"现在他的脾气也很坏，不要去激怒他。"她给瓦莱丽写信时这样说。书一直在资料中心，没有人再借。

我看见她出去了。她现在真的很忧虑。

2月18日

一周来，索菲都在准备一场重要的旧书拍卖会的记者会。记者会结束后的酒会上，她拍了些照片，有到会记者、公司高层、冷餐会等，打算用在公司内部的刊物上。整整一天和周末的一部分时间里，她都待在家里用电脑修改照片，并把它们放在一个叫"记者会-11-02"的文件夹里，准备放到邮件附件里发出。这工作很重要，所以她犹豫着选哪一张，确认，重新修图，再确认，花了很多时间。我感觉到她甚至有些不舒服，可能是由于职场压力。最后，终于完成了。在邮件发出之前，她留了一个备份。我从来不会随便通过网络远程控制她的电脑，怕被她发现。但这一次，我丝毫没有犹豫。在她留备份的时候，我在文件夹里加了两张照片，同样的尺寸，同样的剪裁，手工修改，但没有冷餐会，没有记者，也没有重要客户，只有这位漂亮的新闻专员跟她丈夫在希腊的阳光下做爱。她丈夫被拍得远没有她清楚，这是事实。

2月19日

　　显然，这事在办公室里弄得很不愉快。照片事件在公司迅速发酵，这一意外让索菲崩溃了。周一早上，她被董事会叫到办公室，几个记者也一早就给她打电话询问情况。索菲莫名其妙，但没有跟任何人讲，特别是樊尚。她一定觉得无比耻辱。我也在一封邮件里看到一个所谓的记者朋友说自己完全被惊呆了。应该说，我照片选得不错，一张是他们正在做爱，索菲嘴里含着性器，淫荡地抬头看着樊尚。这些有钱的女人演起婊子来真是自然；另一张是快要结束的时候，很明显，她知道如何让樊尚达到高潮。

　　总之这是一场灾难。她没有去工作，一整天都像虚脱了一样。面对着怒气冲天的樊尚，她始终不肯解释原因。就是对瓦莱丽，她也只是说刚刚经历了非常糟糕的事情。耻辱，骇人听闻。

2月20日

　　索菲一直在哭，一天的大部分时间都躲在窗户后面吸烟，吸了无数的烟，我拍了很多照片。她没有再回去上班，我想公司应该都在七嘴八舌地议论。我打赌他们会在咖啡机前传看索菲的照片，索菲也应该能想到。她一定不会再回去工作，可能也是由于这个原因，她看起来变得不那么在意了。一个星期后。人们好像已经对这件事情慢慢失去了兴趣。好吧，已经这样了。在职业生涯里，总是有什么东西困扰着你。不管怎样，索菲也就是一个无足轻重的角色。

2月23日

这个夜晚从一开始就是个圈套：我在朱利安餐馆订了两个位置，要去接她吃晚饭，但我那不知疲倦的安德烈似乎另有安排。一进门，我发现她已经摆好了两份餐具，但跟她的香水味道一样，永远都那么没有品位。桌上摆了个烛台，一个要冒充现代艺术品却又完全可以被忽略的烛台。我心里喊着不要，但已经进来了，接着闻到了烤箱里食物的味道，看来很难拒绝了。这次是出于礼貌，但我向自己保证一定不会再见这个女人。就这么决定了。想到这里，我心里舒服了些。餐桌是圆的，她很难找机会碰我，我觉得好像多了些保护。

公寓很小，在一幢老楼的四层，毫无优点可言。客厅和餐厅在一起，只有一扇窗户，还在很高的位置，因为窗户面向院子，所以几乎没有什么光亮。即使是白天也要开灯，否则人一定会抑郁。

时间过得很慢，谈的都是些无聊的话题。对安德烈来说，我是莱昂纳尔·卡尔万，在一家房地产公司工作。我没有父母，这样就避免了所有关于童年的话题。我一个人住，性无能，我为此很痛苦，至少她是真的相信，因此这个话题也被成功避开。我经常出门旅行。

话题自然转到了旅行上。安德烈说上个月去她在波城①的父母家住了几天，我配合地听她讲述她父亲的性格，说母亲脾气暴躁，还有她的狗。我笑着，确实，除此之外我也做不了别的什么。

这是一顿可以被称为精致的晚餐，就这样说吧。其实只有酒还说得过去，但应该是酒商替她选的。她自己什么都不懂。她还搞了个自制鸡尾酒，闻起来就像她的香水一样，令人作呕。

晚餐过后，正如我担心的那样，她提出喝杯咖啡。在沙发上，一坐到我身边，这头猪就故意装出很可怜的样子，说她真心理解我的问题，她明白的，她说这些话时语气认真。我打赌她肯定在庆幸自己有这样意外的收获。她很想跟人上床，这对她来说肯定不是常有的事。突然碰到我这样一个有点性无能的情人，一定让她觉得自己可以做点什么。我抱了抱她。安静了。这时，为了缓和一下

①　法国西南部比利牛斯地区城市。

气氛，她说起了自己的工作，因为我们真的没有什么可聊的。笑点还是那么几个，但她突然提到了公关部，我一下提起了精神。没一会儿，我试着把话题引到索菲身上。她把公司几乎所有人说了一遍后，终于开始聊起索菲，上来就跟我说索菲照片的事，并怪声怪气地笑着。真是个好同事。

"很遗憾，她离开了公司，不管怎样，她反正要离开……"她说。

我侧耳倾听，知道了一切。索菲不但离开了公司，还要离开巴黎。一个月以来，他们一直在找乡下的房子。樊尚刚刚被任命为位于桑利斯的研发团队的主任，所以他们要搬去那里。

"但她要去做什么呢？"我问。

"嗯？"

她好像很吃惊，没想到我会问这个问题。

"你曾说，她是个很活跃的人，所以我在想，她去乡下能做什么呢？"

安德烈诡异地笑了一下，好像要跟我达成某种同盟，说索菲他们有孩子了。对我来说这也不是什么新闻，但还是说明了点什么。至少在我看来，她现在的状态不适合要孩子。

"那他们找到房子了吗？"我问。

"据说，他们在瓦兹省找到了一处很棒的房子，离高速路口不远。"

孩子。离开公司和巴黎。照片事件后，我只希望索菲停止工作一段时间，但孩子的事让她决定离开巴黎。我要考虑一下新的布局。我起身，嘴里嘟囔着"我要走了，时间不早了。"

"可你还没有喝咖啡。"这个笨女人很失望的样子。

你的咖啡，算了吧。我拿起外套向门口走去。

安德烈送我到门口时，又想出个主意要留住我。她说真遗憾，其实对于周五晚上来说，这个时间还不算晚。我推辞说第二天还有工作。她对我已经毫无用处，但为了能顺利脱身，我还是说了些让她放心的话。她决定再试一下，她抱紧我，亲吻我的脖子。她应该是感觉到了我的抗拒，小声说着要照顾我，表现得很有耐心，我也没有害怕，反正事情就这样……如果她没有继续，没有把手放到我肚子上，好吧，是下面，我可能还能控制住自己。但经过这样一个夜晚，再加上刚刚听到的消息，我实在忍受不了了，我背抵住门框，用力推开她。她被我的反应惊到了，但觉得要继续发挥她的优势。她笑了笑，又难看又淫荡，一般丑女人的性欲都很强。我控制不住自己，给了她一巴掌。她用手摸着脸，一副完全不可理解的样子。我觉得现在的情况真是可笑至极，她那么无用，我竟然还不得不跟她做这些事情。我又从另一侧给了她一巴掌，然后又一次，直到她大叫起来。我不再害怕，看着周围的一切。

这个房间，放着剩菜的精心布置的餐桌，沙发旁没有喝过的咖啡，这一切都让我恶心，打心底里感到恶心。我抓住她的肩膀一把将她推开，好像是要让她清醒。我走到窗边，打开窗户，想呼吸窗外的空气。我知道她会跟过来。不到两分钟，她走过来，先是很滑稽地贴着我的后背，吻着，接着把脸凑了过来，这是她的香水最后一次靠近我。当她抱紧我，像一只狗一样哭泣时，我吸了口气，转身，抓住她的肩膀，有一刹那我想抱抱她，但最后还是决定推开她。她露出惊愕的神情，从窗口消失了，甚至没有叫喊。两三秒后，我听到了那个声音。我哭了，从头到脚都在颤抖，尽量不去想母亲的样子。这时候我应该还是清醒的，因为几秒钟后，我拿了外套冲下楼梯。

2月24日

显然，安德烈的死对我来说是个考验，不是因为这个傻瓜的死，而是死的方式。之前，我还很惊讶为什么对樊尚母亲的死我什么感觉都没有，也许因为她是从楼梯上摔下来的，不一样。今晚，我看到的不是安德烈从窗口跳下，而是我母亲。我内心有些事情开始平静下来了。我想这跟索菲有关，有些事情转移了，或者是别的什么。

2月26日

　　今天早上，索菲去参加了她那个好同事的葬礼。看着她穿着黑衣走出家门，我觉得她很美，对于一个将要死去的人来说。这么短的时间内两个葬礼，一定让她很难振作。不得不承认我自己也心神不宁。安德烈选择了这样的死法！真是亵渎神灵，对我母亲是一种侮辱。童年那些痛苦的记忆又回来了，我一直想忘记的记忆。可能所有爱我的女人最后都会从窗口跳下去。

　　我仔细分析了现在的状况。显然不是太好，但也不至于太糟糕。我应该更加小心。要是不再有什么愚蠢的错误，一切都应该向好的方向发展。佩尔西公司没有人见过我，自从跟那个蠢女人认识后，我就再也没有去过。

　　我肯定在她家里留下了很多指纹，但应该不会被警方列入怀疑对象，不过有可能被列为证人。尽管如此，还是要谨慎，不能因为大意让所有的计划毁于一旦。

2月28日

　　索菲那边没再发生什么事情。她离开巴黎，我必须跟上，就这些。我唯一不爽的是我安装的那些设备都没用了，不过也没办法，而且，我再也找不到像这里一样的观察点，但我会找到其他东西。

索菲的孩子今年夏天出生。我开始把这个孩子也列入后面几个月的计划。

3月5日

忙乱。今早搬家公司的车停在了楼下。五点钟公寓的灯就亮了，我看着他们的身影在房间里忙碌。八点半左右，樊尚去上班了，把剩下的工作留给了他的娇妻。这家伙真让人讨厌。

待在这间屋里已完全没有意义，而会让我一直想起跟索菲距离那么近的美好时光，无论什么时候都可以观察到她，给她拍照。我已经有她的一百多张照片，她在街上，在地铁里，在开车，一丝不挂地走过窗口，做爱时跪在樊尚面前，在窗口涂指甲油。

我确信，总有那么一天，索菲会让我永远怀念，但现在还不到时候。

3月7日

小麻烦，技术上的：只找回了两个麦克风，第三个一定是在他们搬家的时候弄丢了，这东西太小了。

3月18日

乡下这地方冷死了，上帝知道这里有多凄凉。索菲来这里能干什么？只因为丈夫换了工作地点。真是个好妻子。不出三个月她就会无聊死的，不过肚子里的孩子会跟她做伴，但还会有很多麻烦。当然，她的樊尚升职了，可我觉得他太自私。

他们定居在瓦兹，所以我不得不多跑好远的路，还是在冬天。我在贡皮埃涅①找到一家小旅馆，声称是去写作的。不过要找到一个合适的观察点还是得花一些时间，当然最后还是找到了，我从屋后的断墙进去，我把摩托放在一个废弃的棚子下面，顶棚都还在。那里离他们的房子非常远，没有人能从公路上看到我的摩托，也几乎没有人经过。

———————

① 位于上法兰西大区瓦兹河畔，离巴黎东北八十公里。

除了冷，其他都还好。不过索菲并不是很好，刚搬进去就觉得无聊了。对于一个工作过的人来说，在偌大的房子里整天整天地待着会觉得时间过得很慢。装修工人干了几天活，说要等待一段时间，然后就没有再回来，不知要到什么时候。门前院子的地面也被卡车压坏了，又因为天冷冻住了，每次要出去都可能崴到脚，何况这里还那么凄凉。火炉里的木头不怎么需要的时候觉得好像还够，但是现在……而且还是一个人。她时不时地会在大门前的台阶上拿着杯子站一会儿。当你白天总是一个人，亲爱的丈夫晚上还不知道几点才下班回家，就算有激情也没什么用。

有件事情可以证明。今天早上，一只猫从敞开的门里走了出来。这是个好主意，养一只猫做伴。它在台阶上待了一会儿，然后坐在门口看着花园。这是只黑白色的猫，很漂亮。没一会儿，它就去房子附近小便，这可能是它第一次离开房子，索菲不放心，从厨房的窗户一直盯着。我围着房子转了一大圈，转到后面，几乎跟那只猫面对面。我停下来。那不是野猫，它很温顺。我弯下身叫它，它过了一会儿才靠近我，弓起背抬起尾巴让我摸它，就像其他猫一样。我把它抱在怀里，它发出呼噜声。我感到焦躁不安。猫还在发出呼噜声，我把它抱到樊尚放置工具的棚子里。

3月25日

几天没来了，从索菲发现她的猫被钉在棚子的门上那天晚上之后。这对她是个打击，应该站在她的角度想想！九点钟我到的时候，索菲正准备离开，隐约看到她把一个旅行袋放进后备厢。谨慎起见，我等了半个小时才开始行动，弄坏百叶窗，从后面爬进房子。索菲没有闲着，她已经把一楼的大部分墙粉刷了，包括厨房、客厅还有一间我不知道用途的房间。墙刷成浅黄色，上面有明亮的黄色条状装饰，客厅的大梁近似于开心果那样的绿色，还是那么好看。这是个需要耐心的活儿，应该要干几十个小时。工人们连卫生间的保护膜都没有清理干净，还好有热水。厨房也有很多要修整的地方，家具还堆在地上，估计水管工要先把水管铺好才能装家具。我给自己泡了茶，思考着，在房间里溜达，拿了两三个小东西，那种根本不会被发现丢了，但突然又看到的时候会觉得惊讶的东西。之后，我做了决定，找来油漆桶、油漆刷，很快把墙从上到下刷了一遍，当然用的时间比索菲要少许多，风格也很随意。家具也被我破坏了，几乎可以用来烧火。我用桌布擦掉油漆的痕迹，还在家具上随便画了几笔，最后剪断浴室和厨房的管子，开着水龙头离开了。

我不需要很快回来。

3月26日

刚搬来不久，索菲就认识了小学老师洛尔·迪费雷纳。她们年龄相仿，互有好感。我利用学校上课的空隙去她家兜了一圈，没什么特别的，很平静的小女人生活。她们经常见面，下午，洛尔会主动去索菲那儿喝杯咖啡，索菲也会去帮她安装教室的桌椅。从望远镜里看，她们玩得很开心。我感觉这次相遇对索菲很有帮助，开始想办法对付这个扫帚星，问题是要知道怎么利用现有的条件。我想我知道了。

3月27日

虽然洛尔试着安慰索菲，但索菲还是很消沉。猫死了之后，房子也在家里没人的时候被搞得一团糟，真的是给了她很大的打击。她认为这都是邻居的恶作剧。洛尔说这不可能，说这里的人都很好，都很欢迎她。索菲对此表示怀疑，她碰到的这些事情都证明了她的怀疑。她请了刑侦专家，报案，找工人定制家具，这都不是短时间能完成的事情，要几个星期（也可能几个月，谁知道呢）。再刷一遍油漆，胳膊都要断了。而对于这些，每天很晚回家的、刚刚升职的樊尚说这很正常，一开始都是这样的。索菲觉得在这幢房子里的开始并不好。她不想把事情想得太坏（你是对的索菲，要理智些）。为了让她安心，樊尚安了一个报警器，但即使这样，她还是觉得不舒服。在瓦兹的蜜月期不会太久。她怀着的孩子？三个半月。不过说真的，索菲脸色不好。

4月2日

房子里有老鼠！原来没有的，但突然多了起来。好像当你看到有一只的时候，其实已经有十只了。从一对开始，它们会越繁殖越多，速度快得惊人！它们到处窜，看着它们溜走，消失在各个角落，真令人害怕，晚上又听到它们爪子乱抓的声音。他们设了陷阱、诱饵。确实无法知道具体有多少。因为我来来回回好多趟，摩托车袋里放着一对对疯狂的老鼠。真是恶心极了。

4月4日

索菲在洛尔那儿才能找到些安慰。我又去了一次这个老师家里，确认一些小事，我甚至在想她是不是同性恋。

应该不是，但还是有关于她的匿名信在这个村子和临近村子传开。先是市政厅，接着是社会服务部门、学术委员会，人们读到了关于洛尔的可怕消息：说她不诚实（贪污学校的互助金）、做坏事（虐待儿童）、不道德（跟人有不正当关系，而这个人是索菲·杜盖）。村子里的气氛糟糕透了。对于这种什么事情都不会发生的地方，谣言要比在其他地方更能引起轰动。索菲在邮件里提到洛尔时说她是个非常勇敢的姑娘，她觉得能有机会帮助人，自己还是有用的。

4月15日

好了，现在到她了，这个有名的瓦莱丽！我发现她们两个很像，她们从高中起就认识。瓦莱丽在里昂的一家国际运输公司工作。在网上，没有什么关于瓦莱丽·汝尔丹的消息，但可以查到汝尔丹，有她全家人的词条，从她的祖父，家族财富的创始人，直到他的孙子亨利，瓦莱丽的哥哥。十九世纪末，这个家族就已经在纺织领域积聚了很多财富。她聪明的祖母阿尔方斯·汝尔丹还给一种合成棉申请了专利，足以保证两代人衣食无忧的生活。她的儿子，即瓦莱丽的父亲，改变了赚钱方式，通过投资房产，从可以让两代人衣食无忧变成了八代。我估算了一下她的个人资产，仅靠卖房子的收入就可以让她无忧无虑地活到一百三十岁。

她们两人在花园散步，索菲给她看那些死去的植物，似乎很沮丧，还有些树甚至死了。她不知道发生了什么，如果可能，她宁愿选择不知道。

瓦莱丽表现得很有善意（她刷了一会儿墙，然后点燃一支烟，坐到凳子上跟索菲聊天，然后突然意识到索菲又刷了一个多小时）。问题是，她怕老鼠，那个报警器从偶尔响到每晚响四次，吓得她脸都绿了（虽然我花了很大功夫，但效果令人满意）。瓦莱丽觉得这里太荒凉了。我也同意。

索菲把洛尔介绍给瓦莱丽，气氛很好。但谈到索菲几个月来的抑郁和洛尔深受匿名信的困扰这些事情，总让瓦莱丽觉得自己不是来度假的。

4月30日

如果再这样下去，瓦莱丽也要生索菲的气了。樊尚就是个谜，没法知道他心里到底怎么想的。但瓦莱丽不一样，她是个活生生的人，不需要一点儿算计。

几天来，索菲一直要她多住几天，瓦莱丽不肯，索菲坚持要她留下，叫她"小宝贝"。瓦莱丽并非不能延长几天，但她不喜欢待在这儿。我看她无论如何是不会多待了，不过她要走的时候找不到车票了。索菲终于留住了她，发誓不是自己干的，瓦莱丽也觉得无所谓，樊尚更觉得这不过是个意外。瓦莱丽又在网上订了票，看起来比往常更平静，两个人在火车站拥抱分别。瓦莱丽拍着索菲的肩膀，索菲哭得十分伤心。我想瓦莱丽肯定很开心自己终于逃开了。

5月10日

看到洛尔的车坏了，我立刻意识到接下来会发生什么，我要先下手了。果然，从第二天起，洛尔就开始借索菲的车去超市购物，索菲很乐意帮忙。一切就绪。虽然我足够努力，但不得不说还是有运气的成分，洛尔没有任何察觉。打开后备厢拿东西时，她注意到袋子下面有几本杂志。因为最近一直收到匿名信，所以她也难免要格外小心。当她发现杂志有几页被剪去了无数字母，立刻凑近看了一下。我以为她要气坏了，但完全没有。她是个很理性也很有条理的女人，这也是索菲喜欢她的原因。洛尔回家取来了最近几周她收到的匿名信，然后拿着车里的那些杂志直接去了附近的警局报案。索菲开始担心她去买东西为什么还没有回来，洛尔后来才告诉她原因，但没有多说。

从望远镜里，我看到她们面对面，索菲睁大眼睛。跟洛尔来的还有警察，他们是来搜查的。当然，他们找到了我放在各处的杂志。诽谤罪的案件会让这个小地方的人们兴奋几周。索菲绝望了，好像她需要的就是这样。现在要告诉樊尚了。我觉得她有时候甚至想死，可惜怀着孩子。

5月13日

索菲的精神彻底垮了。这几天她都在漫无目的地瞎晃，在家里做些事情，但很少，而且心不在焉。她不想出门。

我不知道那些工人怎么了，反正再也没见过他们。我觉得可能是保险问题，也可能应该早点装报警器。我不知道，总之，没有任何进展。索菲担忧而沮丧，几小时几小时地站在外面吸烟，对于现在的她来说，这肯定是不好的。

5月23日

傍晚，大片黑云压了下来，快七点的时候开始下雨。九点十五分，樊尚路过我住的地方时，暴风雨最猛烈。

樊尚是个小心谨慎的人，他开得不快，时不时会亮起转向灯。开到国道上的时候，他加快了速度，因为前面几公里都是笔直的，之后会突然左转。虽然有警示牌，很多司机还是不太在乎，而且在这个位置，路边都是大树，很难看出有弯道，一般都会很快地开过来。但樊尚没有，这条路他走了几个星期了，很少超速。可有时候，当你觉得没问题的时候，就不会去想太多了。樊尚熟练地开过弯道，雨更大了。我就在他后面，选择在合适的时候超过他，然后突然刹车，突然得让他的车的前挡碰到了我的摩托。我有意歪了一下，一个急刹想停下，结果摩托失控，眼看就要撞到他的车。樊尚·杜盖完全慌了，刹车踩得太猛，他想停住，这时摩托几乎立了起来，我就在他面前。他看到要撞上我了，慌乱中打了把方向盘。弥撒已经开始。他的车转了个圈，车轮卡到旁边的斜坡，一切要结束了。车子左右摇晃，发动机轰鸣，撞上树的那一刻发出刺耳的声音，车头顶进树里，后面两个轮子飞了起来，前轮离地有半米高。

我从摩托上下来，跑过去。虽然下着大雨，我还是害怕起火，想快点儿离开。我走到驾驶位，看见樊尚的胸部压在仪表盘上。我不知道为什么要这么做，可能是想确定他是不是死了。我打开头盔的面罩，抓住他的头发，让他的脸转向我。他满脸是血，没有人能想象这个场景。他眼睛大睁，盯着我！这眼神让我不敢动弹。雨水流进车里，樊尚满脸是血盯着我，我简直要吓死了。我们这样互相注视了很久。我松开他的头，他直接倒向一侧，但眼睛一直是睁开的。总算死了。我像一阵风一样逃开了。几秒钟后，我从后视镜里看到一辆车停下来打着双闪。

樊尚盯着我的眼神让我完全无法入睡。他到底死了没有？如果没有，他会记得我的样子吗？他会不会联想起那天开车撞倒的那个骑摩托的人？

5月25日

从索菲写给父亲的信中，我了解到：她父亲坚持要去看望，但她一直拒绝，说自己需要安静，她的生活太沉重了。樊尚很快被转到了嘉尔西①的一家医院。我急于知道他现在的状况，但心里多少还是有些判断，至少不好，很不好。

5月30日

要采取措施，不然可能会失去她。现在我总能知道索菲的情况。更确定了。

————————

① 巴黎郊区的一个市镇。

我看着她，她没有怀孕的样子。有些女人就是这样，直到临盆也几乎看不出来。

6月5日

很明显，是时候了。近几个月发生的一切，尤其是最近几周，洛尔诽谤罪的指控，樊尚的车祸，终于把她压垮了。昨天夜里，索菲离开家，通常不会这样。桑利斯。会不会跟樊尚有关系？什么关系都没有。她流产了。也许是伤心过度。

6月7日

昨天晚上感觉很不好，一阵无法解释的焦虑让我从睡梦中醒来。我知道那是抑郁的症状，每次我抑郁的时候都会这样。不总是，但经常。我梦到自己出生，想到母亲幸福的脸庞、她的去世，这些都会让我觉得非常难过。

6月8日

樊尚被转到圣伊莱尔诊所进行康复。事实比我想象的可怕，他将在一个月后出院。

7月22日

有段时间没有见到索菲了。她去父亲家待了几天，只有四天。她会从那里直接去嘉尔西接樊尚回家。

说实话，这些消息不是太好，我急于知道是什么情况。

9月13日

我的天！事情又回到了原点。

本来已经尽在掌控的事情，却在这时候……我通过她写给父亲的一封邮件得知，樊尚明天早上出院。一早，我就赶去诊所的花园，在北面等着，因为从这里可以看到整幢楼。二十分钟后，他们从医院出来。索菲站在残疾人通道那儿，推着轮椅，樊尚坐在上面。看不太清。我站起来，走到离他们较近的一条通道。这下清楚了！轮椅上的樊尚已经完全不是以前的样子，他颈椎严重受损，但远不止颈椎，事实上你根本不知道他还有哪里是好的。他可能只剩下九十斤，驼背，脑袋摇摇晃晃，带着颈托，眼神呆滞，面色发黄，像个木瓜。完全无法想象这是一个还不到三十岁的人。

索菲推着轮椅，很平静，眼睛注视着前方，脚步有些机械。可以理解，这个女人现在有太多的烦恼。我喜欢她的一点是，即使在这种情况下，她也没有变成怨妇，只是推着轮椅。她应该在考虑接下来该怎么安置樊尚这个废人。我也是。

10月18日

这个孤零零的女人，很悲哀。外省的这个地方，它本身就令人伤心。房子很大。一有阳光，就把轮椅推到台阶上，她所有的时间和精力都花在了这上面。很悲壮。她给他盖上毯子，在他旁边的椅子上坐下来，跟他说话，不停地吸烟。不知道她在跟他说着什么。他一直晃着脑袋，不管她有没有在说话。从望远镜看去，他不停地流口水，好可怕。他想说话，但是做不到，他已经失去了语言能力。他发出各种叫声、咕噜声，两人试着交流。索菲很有耐心，我可做不到。

接下来要非常谨慎，不能做得太明显。我深夜一点到四点之间，去他们家，用力打破百叶窗，半小时以后打破花园里的灯泡。等着索菲卧室的灯亮起，灯光照到台阶上，我就回家。重要的是维持这气氛。

10月26日

冬天来得有点儿早。

听说洛尔撤销了对索菲的指控，甚至还去探望了索菲。两人的关系不可能完全修复到像以前一样，但洛尔内心还是很善良的，她不是个记仇的人。

我每周去索菲家两次（去放药，同时把看过的信件放回去），剩下的时间则通过电子邮件了解信息。我不喜欢目前事情发展的趋势，这种状态会让人陷入麻木几个月甚至几年。我相信在她这个年纪，即使再相爱，她也会放弃，会问自己在这儿做什么，还能坚持多久。看得出来，她在找解决方案：她找到了另一所房子，想重新回巴黎。我觉得挺好，我唯一不希望的是这个碍事的家伙一直存在。

11月16日

索菲得不到一分钟的宁静。一开始，樊尚还能好好地坐在轮椅上，她可以去忙些别的，然后回来看下他。现在越来越难了，如果把他放在台阶上，没几分钟他的轮椅就会往前移动几步，险些掉下去。她让工人修了一个轮椅通道，在他所有可能掉下去的地方装了护栏。索菲也不知道他是怎么做到的，他甚至能一直移动到厨房。又过了段时间，他能抓到东西了，这就很危险了。他还会大喊大叫。在这种情况下，索菲会马上跑过去，但也不明白他为什么会突然这样。樊尚现在能认出我，每次看到我，他都瞪大眼睛，咕噜咕噜想说话。显然，他很害怕，觉得自己太脆弱了。

索菲跟瓦莱丽讲了自己的不幸（瓦莱丽说要来看她，但从来没有来过），她很难控制自己的焦虑，大量服药，不知道该怎么办。她征求父亲和瓦莱丽的意见，花了很多时间在网上找房子和公寓，自己也不知道现在到了哪一步。瓦莱丽、她的父亲，所有人都劝她把樊尚送到专业的康复机构去，其实也没什么用。

12月19日

第二个佣人也不肯留下来，不愿意说明原因。索菲在想到底该怎么办，家政中介写信说很难再找到人了。

不知道她丈夫是不是还有性需求，是不是一切都还正常。如果是的话，索菲该怎么满足他。事实上，这很荒唐。樊尚显然不可能像去年那样精力充沛，那么有征服力，就像他们在希腊度假时一样。不过索菲还是会帮他一下，她尽量集中精力，但还是感觉不到自己的存在。她以前不会在做爱时哭，但之后会。

12月23日

令人难过的圣诞，今天是樊尚母亲的忌日。

12月25日

圣诞节！客厅里着火了，樊尚看起来很镇静，他处于半睡半醒的状态。几分钟后，圣诞树也着火了，火很大，索菲只能拖着樊尚的轮椅往外跑（他大声哀号），在给消防队打电话的时候接水灭火。其实更多的是恐惧，真的很恐惧。最后，就连来救援的消防员，在灭火后湿漉漉的客厅里喝咖啡时，都好心地劝索菲送走樊尚。

2002年1月9日

就差做决定了。我没有取走市政部门寄来的关于安置樊尚的信件，要让她看到。巴黎郊区有一个地方可以安置樊尚，而且他有保险，完全可以支付费用。她把他送到那儿，跪在轮椅旁，抓着他的手，轻声跟他讲话，让他明白现在的状况和来这里的好处。他喊着一些没人能听懂的话。当她一人独处的时候，她哭了。

2月2日

最近我没有再给她施加什么大的压力，想让她有时间调整一下，但还是会让她丢东西，颠倒她的日程。但她现在已经习惯了，也不担忧了，她在适应这种状态，好像一下子恢复了精神。一开始，她每天都去看樊尚，但没有持续很久。突然间，她开始产生了罪恶感。

现在樊尚在郊区，她要把房子卖出去，贱卖。很多奇怪的人来看房：旧货商、古董商、志愿者，一辆辆车开来看房。索菲笔直地站在台阶上，看着他们来，但离开的时候没有人会看她一眼。在这期间，有人拉走了一箱箱东西，家具和一些乱七八糟的物品。很奇怪，这些家具在她家里的时候看起来很漂亮，但被搬上车拉走时，她却又觉得那么难看，好像会带来灾难。这就是生活。

2月9日

前天晚上快九点的时候，索菲急急忙忙上了一辆出租车。

樊尚从楼上摔了下来。他的房间在三楼，他推开门，来到楼梯处，跟轮椅一起摔了下来。护士们不知道他是怎么做到的，但这家伙还挺有力气，选择了晚饭后的时间，护工们一般这时都聚在一起玩游戏，病人则在看电视。他自杀了。奇怪的是，他的死法跟他母亲一样。我觉得这就是命运。

2月12日

索菲选择把他火化。葬礼上人不多，有她的父亲、樊尚
的父亲、以前的同事，还有几个她觉得越来越疏远的亲戚。
这时候才看出她身边其实也没什么人了。瓦莱丽也来了。

2月17日

希望樊尚的死能让她感到一点解脱。几个星期以来，
她应该都在想象这样的画面：在很多年当中都要这样去看
他……但她并不怕这样做，而老是自责。如果没有把他送
走，如果自己有勇气一直照顾他，他可能还活着。虽然瓦
莱丽给她写信说，如果那样的话，对她太不公平了，不能
叫作生活，只能算活着，但索菲还是有很深的罪恶感。理
智终究会战胜情感，或早或晚。

2月19日

索菲去父亲家待了几天。我觉得没必要跟着她，而
且，她自己也带了药。

2月25日

坦白说，这个街区还不错。虽然不是我选的，但不错。索菲搬到了一幢楼的四层。我得想个办法进去看看。我也不可能找到一个像以前那样方便的观察点，那时候索菲还是个幸福的女人。但我还是在想办法。

她几乎什么都没有带过来。瓦兹的大房子拍卖后，她应该也没留下什么东西。她这次搬家租的卡车比起第一次搬家时小得多。我不觉得这有多大的象征意义，但还是觉得又有了希望。几个月前，索菲和她丈夫离开巴黎时带着大量的家具和书画，还有肚子里的孩子。现在她自己回来了，只有一辆小货车跟着。她也已经不是以前那个年轻女人，才华横溢，能量满满。差得太远了。有时候我会翻看她过去的照片，度假的照片。

3月7日

索菲决定去找工作。不去自己熟悉的领域，因为她在新闻界已几乎没有了任何联系。而且，想到自己是怎么离开上一份工作的，她也没有足够的干劲去做这行了。对我来说，一切都很好。她去各个地方面试，显然，她什么都肯做。我想她应该是想让自己忙起来。对于找工作的事情，她在邮件里只字不提。

3月13日

这就是我等待的，真不错！最后，有个招聘保姆的工作，索菲顺利通过了面试。没有任何拖延，她到热尔韦夫妇家里做起了保姆。我得去打听下关于这对夫妇的消息。我看到索菲带着一个五六岁大的小男孩。这是我几个月以来第一次看到她笑。还不太能摸清她的工作时间。

3月24日

清洁女工中午来，通常都是索菲给她开门。但有时候索菲不在，我猜她应该也有房子的钥匙。这是一个看不出年纪的胖女人，总拎着一个棕色的塑料购物袋。周末不工作。我观察了她好几天，弄清了她的路线、习惯，在这方面我可是专家。她喜欢赌马，在开始工作前，她会在街角的三角咖啡馆停一下，吸完最后一支烟。热尔韦家里应该不允许吸烟。我坐在旁边的桌前，在她排队下赌注的时候，从袋子里取走了她的钱包。周六早上，我去了一个很远的菜场（这个女人的路线真是奇怪），在她买菜的时候，我又把钱包放回她的袋子里。

现在，我有了热尔韦家的钥匙。

4月2日

一切又回到了从前。我有两周的时间让索菲找不到文件，闹钟不响（她第一周就迟到）。我让她重新感到压力，等待好机会。现在，我虽然已经知道要如何保持耐心，但应该启动B计划了。

5月3日

两个月以来，虽然新工作给她带来了快乐，但她的心理问题依然存在，像一年前一样，完全一样。不过也有新的变化，她开始易怒。有时候跟踪她有些难度，她会发怒，很难自控，跟人讲话不礼貌，总是板着脸，不再喜欢跟任何人打交道。她变成这样倒也怨不得别人！我觉得她特别有攻击性。在她住的街区里，她的口碑不好。没有耐心，对于一个保姆来说，这很不好。她自己的困难（目前我知道的就有很多）也影响了周围的人，她有时候甚至想

杀人。我如果是做父母的，绝不会把孩子交给这样一个人
照看。

5月28日

我看见索菲和孩子在唐特蒙广场，似乎很平静。索
菲好像在长椅上胡思乱想，不知道接下来会发生什么。就
在几分钟后，他们大步走在人行道上，充满活力。男孩很
不高兴地跟在她身后。看到索菲转身冲向孩子的时候，我
知道一定发生了不愉快的事情。一个巴掌！充满仇恨的巴
掌。小男孩惊呆了，她也是，好像刚刚从噩梦中醒来。他
们站在那里互相看了一会儿，都没有说话。绿灯，我继续
往前走。索菲看看周围，好像怕被人看到，会找她算账。
我觉得她很讨厌这个孩子。

昨天晚上，她睡在了热尔韦家。这种情况很少有。
通常，她都会回自己家，不管几点。我知道热尔韦家的布
局，如果索菲留下的话，有两间客房可以住。我看着不同
窗户的灯光。索菲先给男孩讲故事，然后在窗口抽完烟，
打开浴室的灯，最后公寓的灯都熄灭了。卧室。去男孩
的卧室，要经过索菲的房间。为了不打扰索菲，只要索菲
在，孩子的父母晚上都不会去孩子的房间。

深夜一点二十分左右，孩子的父母回来了，洗漱后，

他们的卧室大概两点熄了灯。我凌晨四点上楼，在门口的鞋柜取下男孩的鞋带，又在索菲门口听了一会儿，确认她睡熟了，然后悄悄来到孩子房间。他睡得很沉，能听到轻微的呼吸声。接下来，他应该不会很痛苦。我把鞋带绕在他的脖子上，把枕头放到我肩上，然后把他的头摁在枕头里，迅速拉紧鞋带。糟糕的是，他激烈挣扎，想挣脱。我觉得自己要吐了，眼泪都要流出来了，就在这几秒钟里好像成了另一个人。这是到现在为止我做的最可怕的事情。我成功了，但再也回不去了，身体里有什么东西跟着这个男孩一起死了。

我很担心，早上没有看到索菲从楼里出来，她一般不会这样，无法知道公寓里正发生什么。我打了两次电话。几分钟后，好像很长的几分钟，我看到她从楼里跑出来，惊慌失措。她坐上地铁，跑回家拿了几件衣服，在银行关门前去取了钱。

索菲逃跑了。

第二天早上，《晨报》上有一篇文章，题目是《一名六岁男童在睡梦中被勒死》。警察在通缉保姆。

2004年1月

去年二月，《晨报》上有一篇文章，题目是《索菲·杜盖究竟去了哪里？》

那时，人们只发现了雷奥·热尔韦的尸体，但索菲很可能也杀害了一个叫薇洛妮克·法布尔的人，而且极有可能利用这个人的身份逃跑。在接下来的六月，又会轮到一个雇佣索菲做黑工的快餐店老板。

这个女人有着令人难以想象的意志力，连我这个最了解她的人都想不到。索菲要成功逃脱，还需要我远远地助她一臂之力。很难想象她能在没有我帮助的情况下逃走。无论如何，事实上，索菲现在是自由的。她换了好几个城市，换了发型、装扮，改变了习惯，换了工作，换了人际关系。

尽管她在逃跑的过程中始终要改变身份、更换地点，我还是能继续给她施加压力，因为我的办法很有效。几个月以来，她和我就像一出悲剧里两个没有见过面的演员，我们的角色就是要找到对方。现在这个时刻快到了。

要不时改变策略才能取得胜利，所以索菲成功了。她换了上百条路，也换了计划，并准备好又一次改名换姓。她做到了，一个她认识的妓女帮她买到了假证件。证件全部是假的，除了名字。这名字是可以去查的，一个无可指责的名字，完全不会引起注意。她上次换过城市后，我还很难理解她为什么要花那么大的价钱买出生证明，而且只有三个月有效期。她要用来干吗？看到她走进一家婚姻介绍所的时候，我明白了。

这是个很聪明的方法。索菲再不会因为没有身份而每天做噩梦，从早到晚都因为害怕而浑身发抖，不需要老是去注意自己的每一个行为和动作。这一点我还很难马上适应。

说自己很难适应可能不够准确，因为我太了解她了，完全知道她会怎么做，对什么会感兴趣。我完全知道她在找一个什么样的人，我想我可能是唯一可以完全匹配的。要让她完全相信，不能表现得太完美，要注意细节。索菲一开始拒绝了我，又回去工作。后来她犹豫了，又回来了，可能上一次我表现得太笨拙了。要机灵一点，不能让她太失望。通信部队的中士长，一个书呆子。因为只有三个月的时间，所以几周前她就决定要尽快找到丈夫。我们在一起度过了几个夜晚，我觉得自己表现得很好。

于是，前天晚上，索菲跟我提出要结婚。

我接受了。

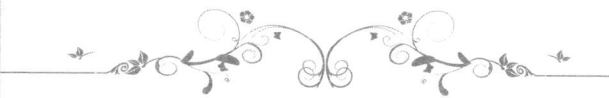

弗朗兹与索菲

公寓不大，但功能齐全。对于一对夫妇来说，非常实用，两人刚搬进来时就在这一点上达成了共识。三个房间中有两个带落地窗，而且面向小花园。公寓在最顶层，非常安静。安顿下来不久，弗朗兹带着索菲去了十二公里外的军事基地，但没有进去，只跟警卫打了个招呼，警卫显得漫不经心。由于弗朗兹的时间可以灵活调整，所以每天都可以很晚出门、很早回来。

婚礼在洛克城堡的市政厅举行。弗朗兹找了两个证婚人，索菲觉得他应该找两个基地的同事，但被他以婚礼是私人的事情为理由拒绝了（他应该是有办法的，毕竟他有一周假期）。婚礼当天，两个看上去相互认识的五十几岁的男人在市政厅的台阶上等待他们，态度生硬地与索菲握了手，只跟弗朗兹点了点头。市长助理把他们请进婚礼大厅，发现他们只有四个人时，便问道："只有四位？"然后咬了咬嘴唇，貌似打算尽快结束仪式。

"只要她做好自己的工作就可以了。"弗朗兹说。

军人的语言。

他本来可以穿军装的，却选择了便装，所以即使在结婚当天，索菲也没有见过他穿军装的样子。索菲给自己买了一条很显身材的印花长裙。几天前，弗朗兹给她看了自己母亲的婚纱，虽然已经很旧，却让索菲着迷：质感非常好的平纹细纱，像雪一样洁白，简约中透出奢华的品质。婚纱的个别部位颜色略深，好像有过污渍。很明显，弗朗兹刻意隐瞒了什么。索菲很奇怪他为什么要留着这件婚纱。他回答说，"其实我也不知道为什么，我应该扔掉这件旧东西。"嘴上虽然这么说，他还是把它挂在了走廊的衣柜里，这让索菲觉得好笑。从市政厅出来，弗朗兹把相机交给其中一位证婚人，简单说明了使用方法，"接下来，按这里就可以了……"索菲不情愿地跟他肩并肩在市政厅门前的台阶上拍了照。之后，他跟两个证婚人走远了。索菲转过身，因为不想看到给钱的场面，"毕竟这也是一场婚礼……"她傻傻地想。

成为丈夫的弗朗兹不完全符合索菲对于这个身份的想象。他敏感，说话拐弯抹角，有时会带有些土里土气的人回来，说些不入流的话。而且，自从他意识到两人之间好像没有必要一定要聊天之后，话就更少了，但他始终还是把索菲看成世界上最美的东西之一，她的存在让他美梦成真。每次叫到"玛丽亚娜"时，他的声音都那么温柔，让人想到对另一半无微不至的那种男人，以至于索菲最后也习惯了这个名字。

索菲每次发现他的优点时都会觉得有些意外。首先有一点，也是她从未想过的，他很强壮。虽然她对男性肌肉一直没有什么幻想，但两人最初在一起时他那有力的臂膀、紧实的腹肌和健硕的胸肌还是让索菲有了一种幸福感，也曾天真地想象某一个夜晚，他会微笑着一下把自己举到车顶，坐着看星星。索菲想被保护的欲望仿佛慢慢苏醒，内心深处极度的疲惫感也得到了缓解。本来，生命中曾经发生的事情已经让她失去了对幸福的渴望，但现在的安逸又让她觉得满足。有些夫妻不就这样过了几十年吗？当初草率地选择他，也是因为他的简单。那种被重视的感觉给了索菲一种心灵的慰藉。最初的几个星期就这么不分白昼黑夜地在床上，被他搂在怀里亲吻着，进入自己的身体。糟糕的是，那些死者的面孔非但没有消失，每次出现的时间反而更长了，虽然是在梦中，跟自己保持着距离。幸亏她的睡眠好些了，虽然没有重生的感觉，但至少恢复了些许活力。她在家务活中找到了乐趣，开始做饭，像小时候过家家一样，还悄悄地找工作，悄悄是因为弗朗兹的薪水足以让他们应对突发状况。

起初，弗朗兹每天早上八点四十五分出发去基地，下午四点至五点之间回家。晚上，两人或是去看电影，或是在离公寓几分钟路程的骑士餐馆晚餐。与其他人不同，他们是先结婚后了解，尽管如此，两人的交流并不多。她很难说出他们之间都谈了些什么，可一个个夜晚就那么自然而然地过去了。不，有一个话题常常出现，就像所有刚开始相处的恋人一样，弗朗兹对索菲的生活充满好奇，她以前的生活，她的父母，她的童年，她的学校，又或者她是不是有过很多情人？她的第一次是在多大的年龄？所有男人嘴上说无关紧要但却又不停想知道的事情。索菲编造了一个关于自己的故事，说自己父母离异，离异的理由也是从别人嘴里听来的，母亲与真实生活中的母亲不怎么相似，当然，对和樊尚的婚姻她只字未提。对于情人和处女的事情，她尽力搜肠刮肚，编造得让弗朗兹满意。对于弗朗兹来说，玛丽亚娜的生活停滞在五六年前，他们结婚后又重新开始。可那五六年之间发生的事情还是很大的漏洞，她觉得早晚要用一个可信的、容易接受的故事来解释这段时间里自己都做了什么。不过，还有时间。弗朗兹对爱人充满好奇心，但他毕竟不是条警犬，不能马上发现什么线索。

生活恢复平静后，索菲又恢复了阅读的习惯。弗朗兹定期给她带回新出版的口袋书。因为已经很久没有关注出版信息，她没有什么特殊的要求，所以弗朗兹可以随意挑选。当然，时常会有些无趣的书，但也有西塔提的《女性画像》。索菲喜欢苏联作家，所以也有瓦西里·格罗斯曼的《生活与命运》。他们也会在音像店租些电影录像带在家看。运气好的时候，还能租到皮克里出演的《樱桃园》，几年前在巴黎错过的。过去几周，索菲像进入了冬眠期一样享受着安逸和平静，这种每天可以无所事事地享受生活的二人世界让她感到非常轻松。

正是这种感觉让她产生了错觉，以为找回了久违的平静，然而事实并非如此，新的抑郁又开始了。

一天晚上，她又开始在床上辗转反侧，樊尚的面孔突然出现。

在梦中，樊尚的脸巨大而扭曲，如同在放大镜中一般。这并不是她的樊尚，那个她深爱的樊尚，而是车祸过后，那个眼神哀怨、头颅歪斜、嘴巴微微张开的樊尚。但没有像车祸过后那样奄奄一息地发出模糊的声音，他在说话。就在索菲翻来覆去，在梦里想要抓住他的时候，他抱住她，用平静而低沉的声音清晰地说话。这并不是他真正的声音，就像这也不是他原来的面孔一样，但又确实是他，因为他说的内容只有他们两个自己知道。他没有表情，瞳孔在不断地放大。"我在这儿，索菲，亲爱的，从你把我送向死亡的那一刻起，我就开始跟你讲话。我刚才跟你说我有多么爱你，而且我现在还爱着你。"索菲试图反抗，但樊尚的眼神把她死死钉在床上，再怎么挣扎也无济于事。"你为什么想我死，亲爱的？两次，还记得吗？"在梦里，是在晚上。"第一次，是命运。"樊尚小心地驶过被雨水淹没的公路。透过车窗，她渐渐看清了梦中的樊尚，因为疲倦，头左右摇晃，然后又慢慢抬起。她看到他在眨眼，想努力摆脱困意。雨越下越大，淹没了公路，雨刷器上的树叶被大风刮得不停打转。"我只是累了，亲爱的，我还没有死，你为什么想要我死？"索菲试图回答，舌头却不听使唤，像被胶水黏住一样。"你什么都不说，是吗？"索菲想说话，想告诉他自己是多么想他，自从他离开后，生活变得多么无趣，自己也像死去了一般，但她什么都说不出。"你还记得我以前是什么样子吗？我知道你记得。而我，自从死去之后，我说不出也动不了，现在我要说了。你记得我说话的样子吗？看到你那天晚上看着我的样子，我是多么难过！现在我也这样看着你。我第二次死去的那天，你穿着我一直不喜欢的那条蓝色长裙，双臂交叉着站在松树旁。索菲，亲爱的，你是如此安静，（动一下，索菲，醒醒，不要这样一直停留在回忆里，你会很难过，不要这样）你看着我，像往常一样。我想说，却什么都说不出，但我眼里充满爱，我的索菲。而你，你看我的眼神里满是严厉、仇恨、憎恶，我知道我的爱人已经不属于我：你开始恨我，我是你生命中永远的累赘（别这样，索菲，起来，不要让噩梦打扰你，谎言会将你摧毁，梦里的那个人不是你。起来，无论付出什么代价，起来）。你平静地转过身，抓住一根松枝，盯着我，那么冷淡，你点燃一支蜡烛。（别让他说下去，索菲。樊尚搞错了，你从没有这样做过。他的痛苦与悲伤都是因为他已经死了，但是索菲，你还活着，快醒来！）松树被点着了，火势大了起来，我看到你消失在火墙后，大火点燃了窗帘，我被困在轮椅上，害怕极了，拼尽全力，活动每一块肌肉，你却走了，索菲，亲爱的。（索菲，如果你动

213

不了，那就大喊！）索菲，亲爱的，你站在那里，在台阶上，在那个宽敞的楼梯间，就在那里，你把轮椅推了下去。就像刚刚完成了一项工作，就是这样……你的表情是那么决绝。（起来反抗，索菲，不要让樊尚的死控制你）我前面就是万丈深渊，深不见底，而你，索菲，你的手轻抚我的脸颊，最后一次跟我说再见，你的手放在我的脸上，双唇紧闭，接着，你抓住轮椅把手，从我背后用力一推，（反抗！索菲，起来搏斗，喊得再大声些）轮椅猛地飞了出去，我也跟着一起飞了出去。索菲，你杀了我，我现在来了天上，不久你也会来跟我见面，（喊，大喊！）喊吧，亲爱的，我知道你在来找我的路上。无论你今天如何反抗，明天你也会放下一切来找我。我们会永远在一起……"

索菲从床上坐起来，呼吸急促，全身是汗，梦中的喊叫声还回荡在整个房间里。弗朗兹坐在旁边，惊恐地看着她，抓着她的手问："发生了什么？"

用力的喊叫让她无法呼吸，她双手放在胸前，手指紧紧抠住胸口。弗朗兹握住她的手，慢慢松开每个手指，跟她讲话。但对此时的索菲来说，所有的声音都一样的，像极了樊尚，梦里的那个樊尚，那个声音。

从那天起，女孩般快乐的时光结束了。索菲又像在那些最糟糕的日子里一样，必须始终绷紧神经，以防进入抑郁状态。白天，她试着不要睡去，因为害怕做梦。有时候很难做到，困意还是会袭来。无论白天还是晚上，那些死去的人都会在梦里出现，与她见面。有时候是薇洛妮克·法布尔，微笑着，满脸鲜血，奄奄一息地跟她讲述自己的死亡，但讲话的声音却不是她本人的，还是那个一直出现在索菲梦里的声音。就是这个声音一直在跟她讲话，这个知道她一切的声音，知道她所有故事的声音。"我在等你，索菲，你杀了我之后，我就知道你会来找我。上帝啊，你害得我好苦，你一定想象不到。等我们见面的时候，我会把一切都告诉你，我知道你一定会来。用不了多久，你就会想来找我，来找我们大家。樊尚、雷奥和我……我们会一起在这儿等你。"

白天，索菲不怎么活动，因为毫无力气。弗朗兹担忧极了，想带她去看医生，但索菲发疯般地拒绝，她强打起精神，试图让他安心。但他显然不能理解为什么情况这么严重，她还不肯去看医生。

他回家越来越早，也越来越担忧。一天，他对索菲说：

"我请了几天假。"

请假的那几天，他每天跟她待在一起。她睡觉的时候他就看电视。白天，她躺在卧室的床上，看着他坐在沙发上看电视的背影，会慢慢地睡着。在梦里，见到的还是那些死去的人，说着同样的话。小雷奥用那个声音跟她述说细节，告诉她鞋带勒在脖子上有多难受，根本无法呼吸，他一直在挣扎，想喊出声……一天天，一晚晚，死去的人都回来了。弗朗兹给她泡药茶、熬汤药，坚持让她去看医生。但索菲谁都不想见，好不容易消失了，她不想被调查。她不想疯，不想被关进医院。她确定自己能克服眼前的抑郁。这些困扰让她的身体每况愈下，手变得冰冷，心脏也很糟糕，身体虽然冰冷，却不停出汗。"就是些小小的抑郁情绪，来来回回很正常"，她试探着说，为的是让他放心。弗朗兹表面微笑，却心存怀疑。

有一次，她出门不过几个小时。

"四个小时！"他仿佛在宣布一项体育纪录，"我都急疯了。你去了哪里？"

他抓住她的手，真着急了。

"我回来了。"索菲说，好像这就是他等待的答案。

弗朗兹想要了解情况，索菲的消失让他紧张。他是一个简单而又理性的人，理解不了的事情会让他抓狂。

"你如果就这么离开我，我该怎么办！我想说……我该去哪里找你！"

她说她不记得去了哪儿。

"四个小时，你不可能记不起来！"

索菲用奇怪的眼神看着他。

"在咖啡馆。"她随口一说，好像在自言自语。

"在咖啡馆，你在咖啡馆……哪个？"

她看着他，一脸茫然：

"我不确定。"

索菲突然开始哭起来。弗朗兹一把抱住她，抱得紧紧的。那是四月的一天。她到底想要什么？也许是想要结束这一切。但最后她还是回来了。她还记得起这四个小时发生了什么？普通人在这四个小时里能做些什么？

一个月后，也就是五月初，精疲力竭的索菲逃走了。

弗朗兹要出去一下，对她说："我很快就回来的，别担心。"等他的脚步声消失在楼梯尽头，她就穿上外套，顺手拿了几件随身物品和钱包就离开了。她走的是公寓放垃圾桶的通道，刚好通往另外一条街。她跑起来，感觉脑子和心脏一起在剧烈跳动，从腹部到太阳穴都像被锤子击打一样。继续跑。太热了，她脱掉外套，扔到路边，边跑边回头看。是怕那些死去的人找到自己？6、7、5、3。她应该能记得起，6、7、5、3。她开始无法呼吸，胸口在烧，继续跑，跑到公交站，跳上公交车。没有钱，翻遍口袋也没有找到。司机像看一个疯子一样盯着她，事实也正是如此。最后，她在牛仔裤的口袋里翻出两欧元。司机问了句什么，她没有听到，只随口说道："一切都好。"这句话通常被我们用来安抚周围人的情绪。一切都好。6、7、5、3。别忘了。周围只有三四个人在偷偷看着她。她整理了一下衣服，走到后排坐下，然后从车窗向外看。她想抽烟，但公交上禁止吸烟，况且她也没有带。车向火车站的方向开去，好像在红灯处停了好久，然后又缓缓开动。索菲觉得放松了些，但快到火车站时，她又恐惧起来。熙熙攘攘的人群，火车，一切都令她感到恐惧。她觉得自己肯定不能这样轻易离开。她不停地向后看。周围出现的面孔会不会就是那些死去的人，只是戴着面具而已？她开始颤抖，越来越剧烈地颤抖。经过这些天的折磨，从家里跑到车站就已经让她精疲力竭了。"默伦镇①。"她说。6、7、5、3。她没有折扣。对了，要经过巴黎，她直接递过银行卡，希望售票员马上接过去，她要在忘记密码之前买到票：6、7、5、3。要马上拿到车票，上车，转车，下车……等待的时间如此漫长，在键盘上敲击一番之后，售票员说："请输入密码。"6、7、5、3。胜利了。然而对手是谁呢？索菲正要转身离开，旁边一位女士微笑着示意她，银行卡还在机器里。她取出银行卡，觉得这一切好像都曾发生过，她不停经历着同样的场景，同样的逃亡，同样的死亡，自从……从什么时候开始的呢？她想从口袋里找烟，摸到的却是银行卡，就在抬头的一刹那，发现弗朗兹就站在她面前，发疯似的嚷道："你这是要去哪里？"他手里拿着她刚才扔到路边的外套。"回家，这次真的要看医生了。你自己看看你都做了些什么……"一瞬

---

① 位于巴黎郊区。

间，她想要说"好的"，但只是很短的瞬间，她很快又清醒过来。"不，不要看医生，我回家。"他笑笑，把她抱住。她虽然感到有些恶心，还是顺从了。"我们回家，我的车就停在边上。"索菲看着渐渐消失的火车站，慢慢地闭上眼睛，好像要做出一个什么决定。接着，她转向弗朗兹，搂住他的脖子："哦，弗朗兹……"然后趴在他肩膀上哭泣。他搀扶着她走出门口，走向车子，回家，车票掉在地上，被风吹走了。

他总是会在她身边。每当清醒的时候，她都会责备自己给他带来了麻烦，而他只想要一些解释。她承诺，等自己休息好就会告诉他。"休息"这个词也是老生常谈了，每次用这个当借口，都可以让她在几个小时里安静地独自待着，有一点喘息的机会，然后重新聚集力量，来迎接接下来的挑战：那些噩梦，死去的人，一直纠缠她的人。弗朗兹去买东西，出门时会一边锁门一边笑着说："我可不想追着你满城跑。"索菲也会笑一下，带着些许感激。他一个人做家务，打扫房间、做饭，买烤鸡、印度菜、中国菜，去租录影带。索菲觉得房间很干净，饭菜非常可口，录影带也很好看，虽然她总是没看几分钟就会睡着，然后就再度进入那些关于死亡的噩梦，醒来时发现自己躺在地上，没有声音，毫无表情，好像死去一般，而他则抓着她的手臂。

　　然而，该来的总归会来。那是一个周日，索菲已经几天没有好好睡觉了。由于不停地大喊大叫，她的嗓子嘶哑了，说不出话。弗朗兹一直陪在她身边，因为她什么也不肯吃，所以只能喂她。奇怪的是，这个男人好像已经完全接受了新婚妻子是个疯子的事实，他就像一个圣人，准备做出牺牲："我会一直等到你同意去看医生，那时候一切都会好起来……"她也说："一切都会很快好起来。"他这样坚持着，心里一直想知道她不肯看医生的原因。他也不愿意在没有经过她允许的情况下，闯入她内心的那块禁地。她脑子里都在想些什么？她想安慰他，觉得应该做些什么来消除他的担忧，所以有时候他们睡在一起，感觉到他的欲望，她就允许他进入自己的身体，也会配合地闭上眼睛，喊几声，让他得到满足与快感，直到他高潮结束。

　　这个周日，平静又无聊。公寓楼里的人们有的从市场买菜回来，有的在停车场洗车。索菲一个早上都站在落地窗前，吸着烟看着窗外，觉得冷的时候就把手放到衣服袖子里。累。她说："好冷。"前一天晚上，她吐了几次，现在还肚子痛。她觉得身上很脏，觉得淋浴不够，还想再洗澡。弗朗兹给她放水，像往常一样水偏热，还加了他钟爱的浴盐，索菲却不喜欢这种人工合成的味道，那香气让人恶心……但她不想让他难过。她想要的只是很热的水，可以消除她渗透到骨子里的冰冷。他帮她脱掉衣服。索菲看着镜子里的自己：突出的锁骨和胯骨，皮包骨头，令人害怕。现在有多重？眼前的自己让她突然意识到了什么，她大声说道："我觉得自己要死了。"她说这句话时的语气就像她几周前说"我很好"时一样真实。黑夜接着白昼，噩梦连着噩梦，已经让她瘦得不成样子。索菲觉得自己正慢慢枯竭，一点点融化，用不了多久就会变得像燃烧后的蜡烛。她再次看着他的脸、他那凸起的颧骨和深陷的眼睛。他一把抱住她，说着温柔却又荒唐的话，让她觉得自己刚刚说的是个笑话。但他又有些不知所措地轻轻拍着她的背，好像要跟一个朋友长别。他说水热了，索菲颤巍巍地试了下水温，从头到脚都开始颤抖。弗朗兹又加了些冷水，她重新试了一下，说可以了，他便出去了。虽然每次离开她，他都会充满信心地笑着，但又总是开着门，担心出事情。听到弗朗兹打开电视的声音后，索菲躺进浴缸，手伸向搁板，拿到了上面的剪刀，看着自己手臂上因为暴瘦而突出的血管。她拉开剪刀，调整好刀刃的角度，看了一眼正在沙发上看电视的弗朗兹，好像要得到最后的鼓励。然后深吸一口气，剪刀划了下去，她完全放松，让身体沉入盆底。

当她醒来时，首先看到的是弗朗兹坐在床边，自己的左臂缠着厚厚的纱布。她环视整个房间。窗户透进一丝光亮，判断不出是清晨还是傍晚。弗朗兹对她笑笑，温柔地握着她的手，什么都没说，一切都过去了。索菲觉得头很沉，床边的活动餐桌上面有食物。

"你要吃东西了。"他说。

只有这句话。没有疑问，没有指责，甚至也没有害怕，但索菲什么都不想吃。她转过头，闭上眼睛，好像很郁闷。她什么都记得，那个周日，吸烟，窗边，入骨的冰冷，浴室镜子里自己死人般的面孔，她的决定，离开，一定要离开。开门声让她睁开了眼睛，护士进来了，礼貌地微笑着，来到床边，看了一下输液瓶，索菲并没有注意。护士伸出拇指做了一个"很棒"的手势，接着又笑了笑。

"好好休息，医生会过来看你。"

弗朗兹站在那里，看着窗外，想自己应该说些什么。索菲说："很抱歉……"他不知道该如何回答，继续看着窗外，摆弄着手指，消极得令人难以置信，但她知道他会一直在身边。

医生是一个胖胖的小个子男人，秃顶，非常有活力，看上去五十几岁，似乎对自己充满信心。他给了一个眼神，一个小小的微笑，弗朗兹马上意识到自己需要离开。医生坐了下来。

"我不会问您状况如何，我能猜到。所以要看医生，就是这样。"

他一口气说完这些话，一切尽在掌握的感觉。

"我们这儿有特别好的医生，您可以跟他们谈谈。"

索菲看着他。医生可能发现她心不在焉，决定重复一遍。

"至于其他，是挺吓人的，但没有……"

他马上改口了，"当然，如果您丈夫当时不在，现在您可能已经不在世上了。"

他说得最严重，来试探她的反应能力。而她也决定接受医生的帮助，因为她知道自己现在的状况。

"会好起来的。"她说。

目前她就是这种感觉，这是真的。她觉得会好起来。医生用双手拍了一下膝盖，站起来，出门之前指了指门，问道："您想我跟他谈谈吗？"

索菲摇摇头，但似乎担心表达得还不够清楚，又说："不要，我来跟他谈。"

"我害怕了，你知道……"

弗朗兹尴尬地笑笑。到了该说清楚的时候了，但索菲给不出任何解释。能说些什么呢？她强迫自己微笑："等回家了，我会跟你解释，但不是在这儿……"

他好像能够理解。

"这段生活我从未跟你提过，但我会全部告诉你的。"

"很多事情吗？"

"是有些事情，是的。听过之后，你再看该怎么办……"

他点了点头，很难判断这意味着什么。索菲闭上眼睛，她并不累，只是想一个人待会儿。她需要好好思考一下，组织一些信息。

"我睡了很久？"

"大概三十六个小时。"

"我们在哪儿？"

"原来的教会医院，附近最好的医院。"

"几点了？是探视的时间吗？"

"大概中午十二点了。正常来说，下午两点才可以探视，但他们允许我待在这儿。"

如果是以前，他应该会加上"考虑到目前的情况"之类的话，但这次他说得很简单。她能感觉到他在给自己鼓劲，随他去吧！

"这……（他大概指了指她手腕上的绷带）是因为我们……？是因为这很麻烦，不是吗？"

她本应用一个微笑回应，但做不到，也不想。

"不是什么多大的事情，我跟你保证。你真的很好。"

这话没能让他开心，但还是接受了。他确实是一个很好的丈夫。换作是别人会怎么样？索菲想问她的东西放哪儿了，但还是选择闭上眼睛。因为她不再需要任何东西。

走廊上的摆钟指向晚上七点四十四分，探视时间在半小时前就结束了，但人们并没有严格遵守时间规定，各个房间里都传出说话的声音。空气中弥漫着一天结束后餐盘中剩下的汤和花椰菜的味道。所有的医院都是同样一个味道，这是怎么做到的？走廊尽头，一束灰色的光从一扇大窗户射进来。几分钟前，索菲在医院里迷路了。一楼的一个护士把她送回了房间。现在她熟悉了位置，看到了通往停车场的门。经过这个楼层的护士站就可以走到外面。她在柜子里找到了弗朗兹给她准备的出院时穿的衣服，虽然搭配得很难看。她透过病房半开的门看着走廊，等待时机。护士名叫珍妮，瘦瘦的，染成金黄色的头发在身后晃动，身上散发着樟脑丸的味道，步伐坚定而平稳。珍妮刚刚离开办公室，手插在护士服的口袋里。她每次去大门口吸烟时都是这个动作。她推开旋转门，走向电梯。索菲数到五，打开病房的门，穿过走廊，经过珍妮的办公室，就在要通过旋转门的时候，她突然向右一转，向楼梯间走去。不用几分钟就能到达停车场。她紧紧抓住自己的包，开始重复：6、7、5、3。

警察容德雷特面色发黄，留着灰色的胡子。与他一起的那个人一言不发，盯着自己的脚，好像全神贯注又很焦虑。弗朗兹提出请他们喝咖啡，两人同意了。有人请，为什么拒绝呢？但他们选择站着喝。容德雷特是一个很有同情心的警察，每次说起索菲都称其为"您的太太"。弗朗兹只需看着面前的两个警察，扮演好自己的角色，而他要扮演的角色似乎就是忧心忡忡，这并不难，因为他确实担忧。

他回忆起自己看电视时，最喜欢文化类的电视游戏节目，他经常赢，虽然有时会作弊。鼓掌，主持人的鼓励，愚蠢的玩笑，事先录制的笑声，宣布结果。电视里很吵，索菲却很安静，没有声音，虽然这时正在发生些什么。问题的种类：运动。对他来说，运动……他还是要试一下。是关于奥林匹克的问题，那种专业人士才能回答得出的问题。他回过头时，看到索菲的头斜靠在浴缸边上，眼睛闭着，下巴上还有泡沫。她的侧影很美丽，即使骨瘦如柴，她还是那么美丽，真的美丽。他经常这样想。继续看电视，心想还是要小心：上次她在浴缸里睡着了，把她抱出来时，她已浑身冰冷，他不得不用烈酒帮她擦拭全身，才让她恢复了血色。不应该这样死去。他鬼使神差地想到了电视里问题的答案，一个保加利亚的撑杆跳运动员……突然，设定的定时器响了，他转过身，看不到索菲，他赶紧跑过去。浴缸里的泡沫被染成了红色，索菲整个人沉到了浴缸底部。他大叫起来："索菲！"他把她从水里抱出来，搭到自己肩上。她没有呛水，还在呼吸，身体煞白，跟死人一样，血流得虽然不快，但还是不停地随着心跳缓缓流出，泡在水里的伤口已经开始浮肿。他疯了一样不知所措，但很快又恢复了理智，他不想她死，他对自己说：
"不要这样……"他不想索菲逃离自己。这次完全是个意
外，否则不可能让她自己选择了时间、地点和方式。索菲
的这种自由意志仿佛是对他以前做过的所有事情的否定，
这次自杀事件也成了对他智商的侮辱。索菲要是就这样死
了，他就没有办法为他母亲报仇了。他把她从浴缸里抱出
来，平放到地上，用毛巾扎住她的手腕以便止血。他不停
地跟她讲话，跑去打电话叫救护车。救护车不到三分钟就
赶来了，因为就在隔壁。在等待救援的时候，他一直在担
忧。救援人员会不会要查询、核实索菲的身份，最糟糕的
是他们会向索菲暴露自己的身份，他这个所谓的贝格中士
长根本没有服过一分钟兵役。

到了医院，看到索菲后，他发现局面完全可以控制。
他知道要说什么，做什么，回答什么，如何表现。

而现在，他再次愤怒了：索菲从医院逃走了，而且六
个小时后才被人发现！给他打电话的护士也不知道该如何
处理。

"贝格先生，您夫人回家了吗？"得到弗朗兹的回答
后，她立刻把电话给了医生。

索菲逃跑的消息发出后，他有了时间思考。警察们貌
似也可以安稳地喝着咖啡，因为除了他，没有人能找到索
菲。他跟踪了三年的这个女人，这个连环杀人犯，所有的
警察都没能抓到她。这个女人，这个他亲手重塑的女人，

在他这里没有任何秘密。如果他也没有办法知道她在哪儿，就别说这些警察了……弗朗兹很着急，想跟他们说快去找，却用貌似轻松的语气问道："你们觉得能很快找到她吗？"

这是一个妻子走失的丈夫该问的问题，不是吗？容德雷特冲他眉毛一挑，好像看起来没有那么蠢。

"我们一定会找到她的，先生。"

咖啡太烫，他一边小口小口地喝着，一边仔细观察弗朗兹，然后放下杯子。

"她应该是去了谁家，今晚或明天就会给您打电话。您现在最好是耐心等待，懂吗……"还没有等弗朗兹回答，他又问，"她以前这样做过吗？像这样逃走……"

弗朗兹回答说："没有，但她或多或少有点抑郁。"

"或多或少……"容德雷特重复道，"你们有家人的吧，先生？我的意思是说，您太太有家人吧？您给她的家人打过电话吗？"

他还没有时间去思考，事情发展得那么快。玛丽亚娜·贝格，父姓勒布朗，她的家庭是怎样的？在过去的几个月里，他询问过她以前的生活，索菲编造了一个警察不可能找到的家庭……失误了。弗朗兹又添了咖啡，他需要时间思考，考虑改变策略。他露出不满的表情：

"事实上，也就是说你们什么都做不了，是吗？"他语气有些烦躁。

容德雷特没有回答，只是盯着空杯子。

"如果她一直不回来，就是说在三四天后还没有回来，我们会开始侦查。您看，先生，很多时候，在这种情况下，失踪者几天后自己会回来的。在这期间，他们几乎都是躲在自己的亲人或朋友家里。有时候，就是几通电话的事情。"

弗朗兹说他明白，如果有什么消息一定不会错过……容德雷特说这样最好，并对弗朗兹请自己喝咖啡表示感谢。他的同伴也表示感谢，但双眼看着脚下的门毡。

弗朗兹决定给自己三个小时时间，他觉得这是一个合理的期限。

在这段时间里，他通过自己的手提电脑追踪索菲的手机信号，索菲的手机一有移动就会在地图上有红点闪烁。现在地图上显示的是公寓，但等他回到公寓，才发现索菲的手机放在写字台的抽屉里。四年来第一次，他不能马上说出索菲在哪儿。快，找到她。他思考了一会儿关于药的问题，却并不担心：索菲的抑郁状态的确是他一手设计和制造的，但即使不服药也不会那么快好起来。无论怎样，还是要把她带回来。必须这样。结束，结束这事儿。他内心又是一股怒火，不得不通过深呼吸来控制自己的情绪。他不停思考。首先，很可能会在里昂。

他看了一眼表，然后拿起电话。

电话那头是容德雷特。

"我太太在一个女性朋友家，"他匆匆地说，"现在她很放松也很开心。在贝桑松附近。"

他听天由命，等待对方的反应。如果警官询问那个朋友的身份信息……

"她身体还好吧？"容德雷特用满意的口气说。

"是的，至少感觉是这样，但我觉得她可能有些失落。"

"哦，她想回来吗？她跟您说过想回来吗？"

"是的，她是这么说的，她想回家。"

电话那边短暂的安静。

弗朗兹在飞快地思考。

"我觉得她最好还是在那儿休息。我过几天会去接她，我觉得这样更好。"

"好，那等她回来之后请她来一趟警察局，签下字。对她说不要着急，先好好休息……"

就在要挂电话前，容德雷特又问："告诉我，你们是不是结婚不久……"

"不到六个月。"

电话那边又安静下来了，容德雷特应该正用侦探的思维在思考着什么。

"那，她的行为，您觉得……跟你们的婚姻有关系吗？"

弗朗兹凭直觉回答："她在结婚前就已经有些抑郁……但是，是的，显然，这也有可能。我会跟她谈谈。"

"那最好，贝格先生。相信我，这样最好。谢谢您及时通知我们，去接她的时候跟她好好谈谈。"

库福耶克街直接通向白莱果广场，是个很美丽的街区。弗朗兹在网络上重新搜索了这个街区，跟两年前对比并没有什么大的变化。

很难找到合适的观察点。昨天，他一直在不同的咖啡店尝试不同的位置，今天早上还租了一辆车，坐在车里可以更容易地观察公寓以及在必要的情况下跟踪瓦莱丽，她以前在一家运输公司工作，就是那种工作两年后才会发现自己根本没有什么收获，也没有什么积蓄的公司。不过，这对于瓦莱丽和她的男朋友而言，根本不是问题。她现在和一个像她一样富有但没什么用的男孩在一起，那男孩说他想成为服装设计师。每天早上，她迈着轻快而坚定的脚步出门，在白莱果广场打一辆出租车去上班。

在这条街上见到瓦莱丽的那一刻起，他就知道索菲不在这儿。瓦莱丽是个心里藏不住事情的女孩，所有的心事都能看出来。从她走路的脚步，弗朗兹就知道她现在一点儿心事都没有，也没有任何担忧，因为她走路的样子充满安全感，无忧无虑，由此几乎可以断定索菲没有藏在这里。另外，瓦莱丽·汝尔丹是个自私的人，她不会收留索菲·杜盖这样一个到处被警察通缉的杀人犯，即使她们是儿时的朋友，这个女孩有自己的底线。

可万一索菲在呢？瓦莱丽一走，他就来到她住的楼层。三孔保险门。他把耳朵贴在门上听了好一会儿，每次有人进出，他就假装上下楼，然后回到原来的位置继续听。没有声音。一天中，他反复听了四次，加起来时间超过三个小时。从下午六点开始，楼里的人们陆续回来，各个房间里的声音，电视声、收音机声、说话声，他很难再判断出瓦莱丽的房间里是不是有人发出声响。

快八点的时候，瓦莱丽回家时，他还站在上一层的楼梯平台上。他听到门打开了，没有说话声。继续听。在几分钟的时间里，他仔细辨认各种声音（厨房、厕所、抽屉……），然后是音乐，最后是瓦莱丽在门厅打电话的声音。声音很清楚，她在开玩笑，说不，今晚不会出去，因为工作没做完。接着她挂断了电话，然后是厨房的声音，收音机里的广播……

当然，他有些不确定，但还是决定相信自己的直觉。他匆忙地从公寓楼走出来，从这里到塞纳－马恩省只需不到四个小时。

纽维尔－圣玛丽，离默伦三十六公里。他先是在周围转了几圈，看看有没有警察蹲守。他们一开始就该安排警察，但没有足够的资源和经费。只要公众舆论不被新谋杀案所煽动……

他把租来的车停在一家超市的停车场，在出城高速路口的方向，然后用了四十几分钟的时间步行到一个小树林。那里有一个废弃的跑马场，他弄断跑马场栏杆，从那里可以清楚地看到屋子里的情况。这里没有太多人经过，不会被人撞见，一旦有人经过，可以通过灯光提前知道。

奥弗内先生只出去了三次。第一次是去取洗的衣服，洗衣房被挪到了房子的另一侧，没有办法直接从里面过去；第二次是取信，邮箱被放在五十几米远的地方，在路的下边；第三次，他是开车出去的。弗朗兹考虑了一下：跟踪还是留下？他决定留下。无论如何，他都不可能步行跟上他，即便是在这样一个小地方。

帕特里克·奥弗内离开了一小时二十七分钟，在这段时间里，弗朗兹一直用望远镜观察这个屋子里的一举一动。看到瓦莱丽走在街上的样子时，他刚才有多确定索菲不在那儿，现在就有多么不确定索菲在不在这儿。时间一分一秒过去，他越来越急躁，想尽快有结果。此外，还有一个让他继续等待的理由：如果索菲不在这儿，他确实想不到她还能去哪儿了。索菲现在很绝望，她想自杀，她现在太脆弱了。得知她从医院逃走后，他就一直很恼火，他要找到她，"要尽快结束"，他不停地重复。他责备自己竟然等了那么久还没有结果。本可以早就结束的，不是吗？他不是早就得到了自己想要的吗？找到她，结束这一切。

　　弗朗兹想知道现在索菲的脑子里在想什么。她是不是又想寻死？不，如果是的话，她应该不会逃走。在医院，有太多的方法可以结束生命，那里几乎是最容易寻死的地方。她可以再次割腕，护士不会每五分钟都来巡视……那为什么要逃走？他思索着。索菲现在完全搞不清状况，她第一次离家在咖啡馆待了四个小时，回来的时候却连自己刚刚做了什么都记不起来。好吧，没有别的可能了，索菲从诊所出走是完全无目的的，她自己也不知道要去哪里。她不是逃走，只是离开。她要远离自己疯了的事实，她会找到一个安身的地方。费尽心思分析了半天，他还是不知道像索菲·杜盖这样一个被通缉的杀人犯能去哪里寻找庇护，除了自己父亲的家。索菲应该断绝了与所有亲友的联系，现在她是玛丽亚娜·勒布朗，除非她只想随意找个什么地方待会儿（如果是这样，她很快就会回家），否则，也只有父亲家里可以躲避。如果是这样，只需耐心在这里等她就可以了。

　　弗朗兹调整好望远镜，看到奥弗内先生把车停进车库。

　　工作还没有做完，但这一天过得太漫长了，瓦莱丽急着想回家。通常，如果她早上比较晚到公司，那么晚上八点半前她都不会下班，有时候会到九点。走的时候，她习惯跟同事说明天会早点来，虽然知道自己根本不会那么做。回家的路上，她一直不停地重复能做什么不能做什么，该做什么不该做什么。这对于一个很不守纪律的人来说，实在是一件困难的事。在出租车上，她心不在焉地翻着一本杂志，尽量不往四周看。下车后，她输入密码，用力推开公寓楼的大门。她从不坐电梯，今天也一样。到了家门口，她掏出钥匙，开门，关上，转身。索菲就站在她面前，穿着昨天晚上来时的衣服，焦急地跟她示意，就好像早晚高峰时刻在十字路口指挥交通的警察。仍像往常一样！瓦莱丽做了个"好"的手势，继续往前走，试着回想平时这个时候自己都在做些什么。不过好像遇到了某种障碍，一下子什么都想不起来了。虽然索菲跟她重复过好多遍要做的事情，可是……什么都想不起来。瓦莱丽的脸白得像蜡烛一样，她紧紧盯着索菲，一动不动。索菲把手放到她肩膀上，用力把她推到门口她放包的椅子上坐下，接着，蹲下来帮她脱掉鞋子，把它们放好，然后往里走去。路过厨房时她打开又关上冰箱门。去厕所，开着门，冲水，进卧室……在这期间，瓦莱丽清醒了过来，后悔自己没按照索菲要求的去做。现在，索菲重新出现在门口，冲她笑笑。瓦莱丽闭上眼睛，感到一种轻松。等她再睁开眼睛的时候，索菲把电话机递给她，用疑惑而又担忧的眼神看着她。对于瓦莱丽而言，这好像是第二次机会。于是，她一边拨号一边开始在房间里走动。"注意，"索菲对她说，"别演过了，没什么比这更糟糕。"瓦莱丽按照她的指示，用恰当的语气对着电话说她今晚不出去，有工作要做，并时不时笑一下，更多的时间是假装在听。最后，她跟电话那边道晚安，去浴室洗手，然后摘下隐形眼镜。等她再回到门厅的时候，索菲还站在那里，耳朵贴在门上听，眼睛盯着地面，聚精会神，仿佛在祈祷。

按照索菲的要求，她们之间不作任何言语的交流。

一进门，瓦莱丽就闻到家里有一股小便的味道。现在味道更重了。整理隐形眼镜的时候，她发现索菲在浴缸里小便，便指着浴室做了一个疑问的手势。索菲苦笑着，两手摊开做出无奈的样子。她白天不能发出任何声响，所以只能这么做。瓦莱丽也笑笑，假装开始洗澡……

晚饭的时候两人也保持绝对安静，瓦莱丽看了索菲白天给她手写的东西，一边读，一边不时拿出其中一张给索菲，用疑惑的眼神看着她。索菲拿起笔在上面写些字解释。瓦莱丽读得很慢，不停地摇头表示难以理解，对于她来说，这一切都是那么奇怪。索菲打开电视，在声音的掩护下，她们可以开始低声说点什么。对瓦莱丽而言，这么小心翼翼有些滑稽可笑。索菲抓着她的胳膊，正视着她。瓦莱丽喝了口水，索菲低声问她："能帮我买一个笔记本电脑吗？很小的那种。"瓦莱丽抬起头，看着天花板。有什么问题……！

她给索菲找来换药所需的一切，索菲小心地给伤口上药，似乎若有所思，抬头问："你还和那个药剂师一起出去玩吗？"

瓦莱丽点点头，索菲笑了："她还是有求必应？"

不一会儿，索菲打了个哈欠，眼睛因为疲劳而开始流泪。她笑着表示歉意，但不想一个人睡觉。在睡着之前，她把瓦莱丽抱在怀里，想说些什么，但又不知道该说什么。瓦莱丽什么都没说，只是把她抱得更紧了。

索菲睡得很沉。瓦莱丽抱着她。每当看到她手臂上的绷带，她就觉得恶心，浑身发冷。很奇怪。十几年来，她愿意用一切去交换像今天这样和索菲面对面躺在床上的情形。"应该是现在，就这样……"她自言自语，竟然想哭。当索菲再次出现，从自己拥抱她的动作，瓦莱丽就知道这种欲望该有多强烈。

那是半夜两点，瓦莱丽被门铃唤醒：索菲已经用了大约两个小时的时间确认整栋大楼没有被监视……她打开门的时候，立刻认出了索菲，摇晃着双臂，身上穿着件黑色外套。一张吸过毒的脸，瓦莱丽首先这样想，因为她看起来比实际年龄老十来岁，肩膀下塌，黑眼圈，眼中透露着绝望。有那么一瞬间，瓦莱丽想哭，一把抱住她。

现在，听着她缓慢的呼吸，瓦莱丽想看清她的脸，但这个姿势只能看到她的额头。瓦莱丽想让她转过身来，抱住她。她想哭，但努力不让自己哭出来。

从她们重逢的那天起，她每天的绝大部分时间都在反复琢磨索菲前一天晚上给她的各种解释、假设和指示，回顾过去的几个月里，索菲的无数个电话和让人焦虑的邮件。那段时间，她一直以为索菲处于发疯状态。在另一边的床头柜上，有一张索菲的证件照，对她来说，这是最珍贵的物品，她的战利品。照片拍得一般，傻瓜机拍的，灰底，很显脏，是那种让你一拿到就会很扫兴的照片。不过临时用来买车票，确实无关紧要，但每次看到还是会想为什么那么丑。照片被索菲小心地贴上了好多层透明胶，看起来傻傻的，笑容有些僵硬。闪光灯给她的脸镀上了一层金属白，有点像死人的脸色。虽然有这样那样的问题，这张照片无疑还是索菲觉得最珍贵的东西。为了这张照片，她随时愿意付出生命……

瓦莱丽想象着索菲找到它的那一天，她有多震惊。索菲发现它时，双手拿着照片，盯着它发呆，那一刻她一定极度混乱，无法理解发生了什么。她昏睡了十几个小时，起来时感到从未有过的瘫软，脑袋要炸了。但这张照片的出现使她必须保持清醒，她慢吞吞地走到浴室，脱下衣服，走进浴缸，把洗发水抹到头发上，然后短暂地犹豫了一下，突然把冷水开到最大。她感到一阵激烈的冲击，喉咙被什么东西牢牢锁住，无法出声。她差一点儿晕倒，急忙抓住浴缸边沿，瞪大眼睛，站在花洒下面。几分钟后，她身上裹着弗朗兹的浴袍，坐在餐桌边，喝着热茶，看着放在桌上的照片。她虽然从各个角度把事情分析了一遍，但还是没有明确的结论。她感到头痛，想吐，于是在纸上重新理顺日期和事情的逻辑，编排事件。她仔细察看照片，注意到自己当时的发型和身上穿的衣服。结论还是相同，这是2000年交通卡上的照片，她在等红灯的时候，一个骑摩托的人猛地拉开车门，抢走了她的包，交通卡就放在包里，地点就在卡麦斯街。

问题来了：它怎么会出现在弗朗兹旅行袋的夹层里？弗朗兹不可能在玛丽亚娜·勒布朗的物品里找到它，因为照片已经丢了三年多。

她是在翻门口的柜子找网球时，无意中碰到了弗朗兹的旧旅行包，然后发现了这张30mm×30mm的照片……她看了看餐厅的钟。今天已经来不及开始了。明天。明天。

从第二天起，索菲每天都小心翼翼地在整个公寓里翻寻，没有被弗朗兹发现。她一直觉得恶心。从发现照片的那一刻起，她不得不每天吐出弗朗兹给她吃的药（治头痛的、安眠的、抑郁的，"没什么，都是植物成分的……"），索菲只要觉得想吐就往浴室或卫生间跑。她的胃出了问题，一直不正常。除此之外，她把公寓翻了个遍，没有放过任何一个角落，然而什么都没有发现。什么都没有发现，这也正是很重要的发现。

这一发现带来了另外的问题，更久远的问题。她花了很多时间去想答案，却想不出来。有时候，她会觉得自己离答案很近了，真相就像不知道从哪里传来的热气，能感觉得到，就是看不到。

突然，有答案了。不是找到了什么，而是直觉，像打雷一样自然。她盯着桌上自己的手机，平静地拿起来，打开后盖，取出电池，并借助餐刀，拆下第二层盖子，发现了一个很小的电子芯片，橘黄色的，用双面胶黏住。她小心地用拔眉钳取下，通过放大镜看到了这样的信息：SERV.0879，边上还有AH68-（REV 2.4）。

几分钟后，她通过"谷歌"搜索到美国一个电子设备供应商网站的目录页，编号AH68对应的是"GPS信号"。

"你在哪儿？"弗朗兹发疯般地问，"四个小时，你知不知道？"他不停地重复，好像自己都不敢相信。

四个小时……

那是两天前，索菲离开家，乘车去了十八公里外的维勒弗朗什。她在一间咖啡馆点了杯喝的，把手机藏到了卫生间，然后去了咖啡馆的楼上，从那里可以看到维里埃市场的全景，以及美丽的城市和街道。不到一小时，她看到弗朗兹骑着摩托两次路过咖啡馆，着急但谨慎，试图找到她。

前一天晚上，在索菲讲给瓦莱丽听的故事中，有一个应该是真实的。这个她为了逃避痛苦而嫁的男人，正是折磨她的那个人，这个每天晚上和她睡在一起，睡在她身上的男人……这一次，瓦莱丽的泪水再也止不住了，洪水般静静流在索菲的头发上。

　　奥弗内先生穿着一件蓝色的工作服，戴着手套，正在给大门重新刷油漆。两天来，弗朗兹记录了他的一举一动，看他去了哪些地方，但没有发现什么异常，找不到任何破绽。弗朗兹仔细观察房子里的每一个细节，想知道奥弗内不在家的时候有没有人在里面活动。然而，什么都没有。这是个单身男人，开的是一辆"大众"，大且新，灰色。昨天，他去超市买了东西，然后加油；今天早上先是去了邮局，然后去市政厅待了一小时，之后再去园艺用品店转了一下，买了些种植土，然后回家，土一直放在车上没有取下来，车子就停在他当车库用的库房前。库房有两扇门，只开一扇就可以把车开进去。弗朗兹开始犹豫，开始怀疑：已经两天了，这样等下去没有什么结果，是不是要改变策略？但他又觉得，想这个问题毫无意义，因为除了这儿，他也不知道还能去哪儿找索菲。快到晚上六点的时候，奥弗内盖好油漆瓶的盖子，用外面的水龙头洗了手，打开车子的后备厢，准备取出所买的种植土，但考虑到袋子很重，他改变了主意，决定把车开进车库后再卸下来。

　　弗朗兹看了看天空，现在天还亮，他待的这个位置也还算安全。

车开进车库后，帕特里克·奥弗内重新打开后备厢，他看到自己的女儿像猎犬一样蜷缩在里面，已经有五个多小时了，他差点大喊起来，但索菲伸出手，急忙做了个"不要"的手势。他没有说话，索菲出来后，伸展了下身体，开始观察车库，然后转向父亲。她一直觉得他很帅，而他却不能对她说自己已经认不出她了：消瘦，憔悴，明亮的眼睛下面有深深的黑眼圈，皮肤干燥，皱纹很多，像刚刚生过一场大病。他很愤怒，她理解这种愤怒，抱住他，闭上眼睛，开始默默流泪。他们就这样站了一两分钟。索菲推开他去找手帕，并冲他微笑。他把自己的手帕递给她，他还是那么无所不能。她从牛仔裤口袋里掏出一张纸，奥弗内从衬衫口袋里掏出眼镜，仔细读了起来，边读边抬头看看索菲，一脸惊恐的表情。他注意到她手上的绷带，这让他心里很难受。他不时摇摇头，好像在说这不可能。读完后，他伸出大拇指，做出"好"的手势，好像纸上就是要求他这么做的。他们互相笑了笑，他把眼镜放回口袋，整了整衣服，深吸一口气，然后离开车库，去了花园。

奥弗内先是把花园的桌子移到一个阴凉的角落，然后进了屋子。弗朗兹通过望远镜看到他穿过餐厅去了客厅，没几分钟，又拿着笔记本电脑和两个纸质文件袋出来，坐到花园的桌边，开始工作。他很少看笔记，一直飞快地在键盘上打字。弗朗兹能看到的是他四分之三个背影。他时不时地拿出一份报告，打开，看一下报价，然后很快地用手在文件袋的封面上做些计算。奥弗内是一个严谨的男人。

这个场景没有任何异常，平静得可怕。可弗朗兹绝不会因此掉以轻心，无论几点钟，只要屋子里还有一丝灯光，他就不会离开，一直等待。

p.auverney@neuville.fr–已上线。

"你在吗？？？"

索菲大概花了二十分钟布置好了工作台，没有发出一点儿声响。她把纸箱放到房间的一个死角，找了张旧床单，铺在做杂活的桌子上，然后打开电脑，连上父亲家的无线网络。

Souris_verte@msn.fr–已上线。

"爸爸？我上线了。"

"哦！"

"拜托，千万别忘了，时不时换一下姿势，看看笔记，装作很认真工作的样子。"

"我很认真！"

"你是一个很认真的父亲。"

"身体怎么样？？？"

"别担心。"

"你不是在开玩笑吧？"

"我是想说，你不要再担心了，我会慢慢好起来。"

"你真的是吓着我了。"

"我也是，我也被吓着了，但不用再担心了，一切都会好起来。看到我的邮件了吗？"

"正在看，是用另外一个窗口。你要知道，我爱你。我非常想你，非常。我爱你。"

"我也爱你，能再和你在一起真是太好了，但现在千万不要让我哭出来，拜托！"

"好的，我留着眼泪，等一切过去。不过你确定我们现在做的事情有用吗？我觉得有些愚蠢，我们俩……"

"仔细读邮件，我向你保证他就在附近，正在观察你。"

"我感觉自己在演戏，但没有观众。"

"那就好好演，你现在是一个演员！要集中精力！"

"如果他在……"

"我知道他在。"

"你觉得什么都逃不过他吗？"

"我就是个活生生的例子。"

"那要考虑一下该怎么办。"

"什么？"

"没什么……"

"喂喂？"

"……"

"爸爸，你在吗？"

"在的。"

"你考虑完了吗？"

"还没……"

"你在干吗？"

"我换个姿势继续假装在工作，其实在接着看你的邮件。"

"好。"

"真是搞笑，我觉得自己现在做的事情有点疯狂……！"

"什么？"

"就是现在的一切。看着你，知道你在这儿，活着。"

"还要承认现在的一切都不是我造成的！"

"是的，是的。"

"你怀疑过吗？"

"……"

"喂喂？"

"是的，怀疑过。"

"我不怪你，你知道，我自己也相信过。你当然也会……"

"……"

"你还在吗？"

"我读完你的邮件了。"

"……"

"是的，读完了，太可怕了。"

"有疑问吗？"

"很多。"

"有怀疑吗？"

"听着，这很难讲。"

"有吗？"

"噢，是的，简直是一团糟！"

"我就喜欢你这样子，那就从问题开始吧！"

"钥匙的故事……"

"你是对的，一切都从那里开始。2000年7月初，一个骑摩托的家伙从我车里抢走了我的包。两天后警察帮我找了回来，两天的时间足够他把所有钥匙复制一份。我们公寓的钥匙、车钥匙……他可以进入我们家里，拿东西，把一切换位置，查看我的邮件，总之，所有，真的是所有！"

"你就是从那时开始抑郁的？"

"差不多，那时候我靠吃安眠药入睡，草药成分的。我不知道他在里面放了什么，但我想他就是从那时候开始给我吃的。樊尚死了之后，我在热尔韦家找到了工作，刚工作没几天，清洁女工就丢了钱包，里面有主人家的钥匙。她到处找也没有找到，很害怕，不敢跟主人讲。神奇的是，周末的时候钥匙又出现了。同样的剧情……他进到房间勒死了小孩，所以我相信门是从里面反锁的。"

"有可能……是那个骑摩托的家伙？"

"骑摩托的我们碰到过很多次，但我知道是同一个人！就是那个偷走我钥匙、偷走清洁女工钱包、跟踪樊尚和我、樊尚撞车后逃走的、我把手机藏在维勒弗朗士咖啡馆引出的那个人……"

"好了，这样就都对上了。你还等什么，不去报警？"

"……"

"还没有足够的证据？"

"我还不想。"

"？？？？那你还想做什么？"

"这还不够……"

"？？"

"或者说我觉得还不够。"

"真是愚蠢至极！"

"这是我的生活。"

"那好，我来！"

"爸爸，我是索菲·杜盖！我因为三起谋杀案而被追捕！如果警察现在找到我，一定会把我关起来，终身监

247

禁！你觉得在我没有足够证据的情况下，警察会相信我的话？"

"可你已经有了。"

"还不够！我有的只是一些推理，这些推理对于我身陷的三起谋杀案来说根本证明不了什么，其中一起还是一个六岁的孩子！"

"好吧。至少现在……还有，那你怎么才能确定那个家伙就是弗朗兹，你的这个弗朗兹？"

"他是在一个婚姻介绍所认识我的，我在那里登记的名字是玛丽亚娜·勒布朗（也就是我买来的出生证明上的名字），他只知道我的这个名字。"

"然后呢？"

"你怎么解释他在我割腕时冲我大喊，喊的却是索菲这个名字？"

"显然……但是……你为什么要割腕？"

"爸爸！我只成功地逃走过一次，那次他在火车站找到了我。从那天起，他就一分钟都没有离开过我，每次出门都用钥匙把门锁好。连续好多天，我都没有吃他给我吃的任何东西，结果头痛和焦虑都缓解了……所以，除此之外，我没有其他方法。我需要找个机会逃出去，只有在医院，他不能一天二十四小时监视我……"

"可你很可能会丢掉性命……"

"不会的！我做得很夸张，但伤口不深。不会那么轻易死去……而且，他也不会让我死，他想亲自杀掉我。这才是他想要的。"

"……"

"你还在吗？"

"在的，我在……我在思考，但首先是愤怒，我的宝贝！我感到怒火中烧，太可怕了。"

"我也是，但要对付他，愤怒没有用，需要别的什么。"

"什么？"

"……"

"什么？？"

"他太狡猾了，我们需要计谋……"

"现在怎么办？"

"我还不知道，但总之要先回去。"

"等等！这也太荒谬了！！我不能让你回去，绝对不行！"

"我知道你会这样说……"

"我不会让你跟他走的，绝对不行。"

"我还会是自己一个人吗？"

"什么？"

"我的意思是说，我还会处于孤立无援的境地吗？你会帮助我的。你对我难道就只有同情和愤怒？你知道我经历了什么？樊尚死了，爸爸！他杀死了樊尚！他毁了我的生活，毁了我的全部！我还会独自一人面对他吗？"

"听着，孩子……"

"别再说什么孩子了，我受够了！我在这儿，你到底帮不帮我，帮还是不帮？？？"

"……"

"……"

"我爱你，我会帮你的。"

"……"

"……"

"哦，爸爸，我真的累了……"

"那就待在这儿，休息。"

"我必须离开。哦，你就是这样帮我的吗？"

"好吧……但还有一个问题……"

"？？"

"他为什么要这样做？你认识他吗？"

"不认识。"

"他有钱，有时间，行为明显不正常……但为什么是你？"

"所以我才来这儿，爸爸，你拿回妈妈的资料了吗？"

"？？？"

"我想这才是应该跟踪的事。他是不是曾经是妈妈的病人？他自己或者他身边的人？我不知道。"

"我想应该有两三件，在一个纸箱里……我从来没有打开过。"

"现在该打开了。"

弗朗兹在租来的车里睡着了。第一个晚上，在超市的停车场待了四小时，第二个晚上，在长途大巴停车场待了四小时。以前，他曾无数次怀疑自己的策略，无数次都决定继续下去。事实证明每次都是对的，这次也一样，他需要的是冷静，没有别的。索菲不会去别的地方。她会来的，一定会。她是通缉犯，她不会去警察局，她要么回家，要么来这里，没有别的选择。尽管如此，接连几小时待在一个地方，用望远镜盯着一个似乎永远不会发生什么的房子，还是会让人精神崩溃。但每次想到这四年里付出的努力和取得的成果，他就消除了对自己的怀疑。

第三天快要结束的时候，弗朗兹回了趟家。洗澡，换衣服，睡四个小时，顺便取他需要的东西（保温杯、相机、指南针、瑞士军刀等）。第一缕阳光升起的时候，他又回到了观察点。

奥弗内的房子是一栋两层的砖石建筑，这在这个地区很常见。房子的右侧是洗衣房和小设备间，用来在冬天的时候放置园艺工具和花园的桌椅；左侧，也就是弗朗兹观察点的正对面，是车库，放着他多得惊人的修理工具，车库很大，可以停下两辆车。每当要把车开出来的时候，就要把右边的门打开。

这天早上，他穿着正装出门，应该是有约会。他敞开车库门，脱掉外套，把除草机推了出来，并在上面放了一个信封。白天可能会有人来取走除草机。弗朗兹趁两扇门都打开的机会朝里面看了看，拍了几张照片，整个车库的照片：里面有一半空间放的是成堆的纸箱、种植土、胶带缠起来的行李箱。奥弗内九点左右出门，没有再出现。现在是下午两点，没有任何动静。

诊所档案

莎拉·贝格，1944年7月22日，父姓韦斯。

父母被关进集中营，死于达豪集中营①，日期不详。

1964年12月4日与乔纳斯·贝格结婚。

1974年8月13日生下一个男孩，取名弗朗兹。

1982年——被诊断为躁狂抑郁性精神病（第三类：焦虑性抑郁症）——路易·巴斯德医院

1985年——帕克诊所住院（让-保尔·鲁迪耶医生）

1987年至1988年——罗齐耶诊所住院（卡特琳娜·奥弗内医生）

1989年——阿尔芒-布鲁斯耶诊所住院（卡特琳

---

① 纳粹德国三大中心集中营之一，1933年3月建于德国巴伐利亚州达豪市附近。

娜·奥弗内医生）

1989年6月4日——在奥弗内医生处就诊后，莎拉·贝格穿着婚纱从五楼跳下，当场死亡。

再坚强也没用，无休止的等待可以消磨任何人的意志。索菲已经消失三天……下午四点半奥弗内回家后，看了一眼除草机，看似无奈地拿回了他出门前放在上面的信封。

就在这时，弗朗兹的手机响了。

先是一阵寂静，没有人说话。

"玛丽亚娜，是你吗？"

这次，毫无疑问了。"弗朗兹，你在哪儿？"她抽泣着说："快来！"

接着她开始重复："你在哪儿？"好像并不期待回答。

"我就在这儿。"弗朗兹试探着说。

"我回来了，我在家。"她的声音嘶哑而疲惫。

"好，不要动……别担心，我在，我马上就回来。"

"弗朗兹，求求你，快回来。"

"我……大概两个小时就到。我电话不关机。我在，玛丽亚娜，你不用再怕。如果害怕，你就给我打电话，好吗？"

她没有回答。

"好吗？"

沉默了一会儿，她又说："快回来……"

然后她又开始哭泣。

他如释重负，挂掉电话。她已经三天多没吃他准备的药了，但从声音上判断，她还是那么痛苦无力。显然，这次出逃并没有让她的情况有所好转。但还是不能掉以轻心，要知道她去了哪里。他开始加快速度，跑了起来。快回去。一切都不能确定。如果她再次离开呢？从现在起，每十五分钟给她打一个电话，虽然有一种莫名的担心，但更多还是放心。

他跑向汽车，一切都被释放了。在汽车发动的一刻，他像孩子一样开始哭泣。

索菲与弗朗兹

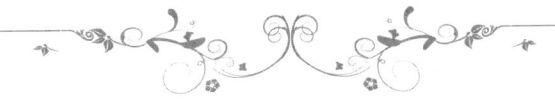

开门的瞬间，索菲坐在餐桌前，好像已经在那里坐了几个世纪，已经无法动弹。桌上什么都没有，除了装满烟灰的烟灰缸。她双手交叉着放在桌上，衣服上全是褶皱，搭配得也不好，好像是旧货市场淘来的。她的头发脏脏的，眼睛里满是血丝，瘦得可怕。她慢慢转向他，好像需要很大的力气才能完成这个动作。他走过去，她试着抬起手，但没有成功，只是把头歪向一边，叫着他的名字："弗朗兹。"

他抱住她，她身上有一股浓重的烟味。

"你至少吃了点东西吧？"

她靠在他身上，摇摇头。他心想，一定不能在这个时候问她任何事情，但他还是没忍住。

"你去哪儿了？"

索菲轻轻地摇了摇头，推开他，目光呆滞。

"不知道，我拦了一辆车。"

"司机没对你做什么吧？"

她摇摇头。

弗朗兹站在那里，抱了她好久。她不哭了，蜷缩着像一只受惊的小猫。她完全放松下来，但轻得出奇，她太瘦了。他想，她去了哪里？这段时间里她都做了什么？她会告诉他。对他来说，索菲的生活里没有秘密。但现在，在这个安静的重逢时刻，他脑子里想的，是自己曾经有多害怕。

拿到父亲的遗产以后，弗朗兹相信他以后的生活会跟卡特琳娜·奥弗内医生纠缠在一起，几个月前她去世的消息好像是对他的一种背叛，现实如此不忠。但今天，有什么东西牵动了他的神经。在发现索菲的存在和明白索菲将替代奥弗内医生的时候，他同样如释重负。索菲会代替她死，就是这个如此宝贵的索菲，他险些在过去的三天里永远失去她。他紧紧抱住她，低头闻她秀发的味道。她抬头看着他，眼皮浮肿，脸是脏的，但人是美的。无可否认。他俯身，一种强烈的感觉突然侵袭了他，毫无疑问，他爱她。这并不让他觉得吃惊，因为很久以前他就已经知道。真正让他害怕的是，这个他做了那么多努力才得到的索菲，现在竟然有着跟莎拉一样的面孔。在生命的最后时光，莎拉也是双颊深陷，嘴唇发灰，眼睛凹陷，骨瘦如柴，像是快要燃尽的蜡烛。正如索菲现在看他的样子一样，莎拉也曾用充满爱意的目光看着他，好像他是世界上最可怜的人。这两个女人如此的相似，他完全分不清了。索菲是完美的，她是一个魔咒，会不可思议地死去。他会哭泣，想念她，非常想念。没有她，他会很难过……

索菲泪水汪汪地继续看着弗朗兹，但她知道这不会持续太久。此刻，索菲不明白他是怎么了。那就站在这儿，不要动，顺其自然……等待。他用手抓住她的肩膀，把她抱住。此刻，索菲感到他身上有一种东西正在变弱、消失，说不清是什么。他抱紧她，她开始害怕，因为他的目光非常呆滞。显然，他在思考什么。她盯着他，好像要用眼神把他锁住。她咽了一口口水，说："弗朗兹。"她把嘴伸过去，他立刻开始亲吻她。这个吻十分谨慎、温柔、若有所思，但也很贪婪。索菲集中精力，竭力让自己不害怕，但做不到。她感到自己被束缚、抓牢。他太强壮了，她怕死，所以牢牢抱紧他，用小腹紧贴着他的肚子。她发现他的下体硬了起来，这让她放心了。她把脸贴在他身上，眼睛看着地面。她还可以呼吸，从上到下开始放松，让身体一点点松弛下来。他把她抱起来，抱进房间，放到床上。她可以就这样睡去。听到他去了厨房，她睁开眼睛，又闭上。现在听到的是勺子与杯子碰撞的声音。他又要控制她，说："你现在要睡一会儿，休息一下。这才是最重要的，休息。"他扶着她的头，她慢慢吞下他调好的药。为了减轻药的味道，他总是在里面放很多糖。接着他又去了厨房，她则身体一侧，掀开被子，两个手指伸进喉咙，胃部一阵痉挛，吐出了刚才喝下的东西。她盖上被子躺好。他回来了，手放在她的额头上："好好睡吧。"他喘了口气，说。他亲吻了她的嘴唇，他喜欢这张漂亮的脸。现在，他是爱她的，这张脸是属于他的。他已经开始害怕，如果有一天她不在了会怎么样……

"警察来过了。"

索菲没想到警察会来，目光暴露了心中的不安。弗朗兹知道真正的索菲有多么害怕见到警察。小心对付。

"显然，诊所必须通知警察。他们来这儿……"

他趁索菲惊慌的时候抱住她：

"我会处理的，放心。我不想别人找到你，我知道你会回来。"

在这几个月里，她一直成功地躲开了警察，现在却自投罗网了。索菲深吸一口气，试着思考。弗朗兹应该会帮她逃过此劫，他们的利益是一致的。小心对付。

"你既然回来了，就要去签字。我跟他们说你在贝桑松一个朋友家。最好现在结束这一切。"

索菲摇摇头，弗朗兹把她抱得更紧。

警察局的墙上张贴着掉色的大照片、警讯、报警电话等。容德雷特警官用男人的温柔目光看着索菲，很希望自己也有一个这样的妻子。这会让一个男人觉得自己是被需要的。突然，他的目光从索菲身上移到了弗朗兹身上，然后用手指敲敲桌子，粗大的手指落在了一份材料上。

"好吧，那么是从诊所逃走的……"

他总是用这种带着官腔的方式讲话。面前这个女人曾经想自杀，他也没有什么其他话要说。直觉告诉索菲，应该做点什么，让对方感受到自己作为雄性动物的权威。她低下头，眼睛看着地面。弗朗兹搂住她。很般配的一对。

"您曾在……"

"波尔多。"索菲喘了一口气，说道。

"哦，波尔多。您丈夫也是这么跟我说的，去了一个亲戚家……"

索菲换了策略，她抬起头，看着容德雷特。虽然她表现得很朴实，但警官还是感觉到了什么，面前的这个贝格夫人是个有个性的人。

"很好，亲戚家。我的意思是这样很好。"

"我想有些地方需要签字……"

弗朗兹的一句话把索菲和容德雷特从互相试探的谈话中拉了回来。容德雷特用鼻子出了口气，"是的，在这……"

他把材料转向索菲，索菲在找笔。他递给她一支印有修车行标志的圆珠笔。索菲签了贝格的名字。

"一切都会好起来的。"容德雷特说。

很难说清这是一个问题还是一个答案。

"会的。"弗朗兹说。

一个好丈夫。警官目送着夫妻二人搀扶着离开警察局，心想，有个这样的女人做妻子应该很好，但也确实是个麻烦。

她花了很大的工夫练习像沉睡的人一样呼吸，这需要集中精力，每一下都不能放松。现在她已经很熟练了，可以做到在二十分钟内装睡，每当他进入房间看到她在睡觉，他就觉得放心。他隔着衣服爱抚她，躺在她身上，把头埋进枕头里。她放弃了身体，睁开眼睛，看到的是他的肩膀，感觉到他进入了自己的身体。可以说，她在微笑。

索菲睡下了，这让他得到一丝喘息。这次，由于重逢带来的喜悦，他在放安眠药的时候加了剂量：她现在正在房间里熟睡。他盯着她看了好久，听她呼吸，注意到她因为紧张面部抽动。他起身反锁上房间门，去了地下室。

他分析了现在的情况，考虑到在索菲父亲房子拍的照片对他已经没有用处，决定处理掉。但在处理之前，他又看了一遍这些照片。房子，所有的窗户，车，奥弗内从家里出来，把信封放到除草机上，在花园的桌子上工作，卸下种植土，清洗栅栏。现在是半夜两点，在删掉照片之前，他拿出数据线，下载了几张照片，准备用电脑看一看。只选了四张，第一张是奥弗内在花园里踱步，选这一张是因为可以清楚地看到他的脸。对于一个六十几岁的男人来说，他还是很健壮的。面部轮廓清晰，很有力量，眼睛炯炯有神。弗朗兹将照片放大百分之八十，奥弗内看起来很聪明；百分之百，有些狡猾；百分之一百五，很危险，要小心。也许正是有他的这种基因，索菲才能活到现在。第二张是奥弗内在花园的桌边工作，放大后可以看到他的电脑屏幕，但看不清内容。为了看清楚屏幕上的内容，他用图像处理软件的加强工具重新打开屏幕的截图。但只能看到一个打开的文档和工具栏，其余的都不清楚，于是他把照片拖进回收站。第三张是最后一天拍的，奥弗内穿着西装，正要把信封放到除草机上，可能是给修理工看的。很难看清信封上写了什么，也确实无关紧要。最后一张是最后跟踪时拍的，奥弗内的房门大开，拍到的是屋子里的细节：一个大圆桌，台球灯垂得很低，书柜上放着高保真音响和数不清的CD。这张照片也被拖到了回收站。就在要关掉绘图软件的那一刻，一股莫名的好奇心让他停了下来。他重新从回收站找回车库的照片，点了几下鼠标，放大了一处阴影：纸箱，种植土，园艺工具，工具箱，行李箱。一堆纸箱被门口的阴影遮住，但下面的部分还是可以看清楚，上面的部分半明半暗。继续放大，他想看清楚纸箱上用黑色记号笔写的字。继续放大，对比。猜出了几个字。第一行，一个A，一个V，最后是S。第二行第一个字母是D，接下来是C、U，另一个字是AUV，显然，是奥弗内。最后一行，很清楚地写着H到L。这个箱子放在最下面，因为光线的原因，只有一点内容可以看到，就是这一点内容让他突然停了下来。在这张照片上看到的东西让他愣了好久。这些纸箱是奥弗内医生的资料。

其中一个纸箱里放着他母亲的病历。

门关上了，家里只剩她一个人，索菲马上起床，跑向柜子，踮着脚，拿起钥匙打开门，身体的所有部分都在工作。听着弗朗兹的脚步声在楼梯间响起，她急忙跑到床边，但没有看到他从楼里出去。难道他是从放垃圾箱的通道走的？不过也不太可能，因为他只穿了衬衫，应该还在楼里的某个地方。她迅速穿上平底鞋，轻轻关上门，下了楼梯。这间屋子里从此不会再有电视的响声了。索菲调整呼吸，在一楼停下了，继续……只有这个地方有可能。她慢慢打开门，祈祷不要发出声响。楼道里并不昏暗，远处射进一束光，照到了下面的台阶。她竖起耳朵，除了自己的心跳和太阳穴嗡嗡的声音，什么都听不到。她缓缓下楼，外面的光线引着她向右边走去。那是地下室。在角落，左边有一扇门是开的。无须再继续往前了，会有危险。弗朗兹的摩托车后备厢里有三把钥匙，第三把就是开这里的。索菲轻轻上楼，等待机会。

这次药的味道比往常更苦，应该是加大了剂量。幸运的是，索菲现在知道该怎么办。她的床边总是放着一团卫生纸，呕吐时用，而且每次从卫生间回来她都会带一团新的放在床边。但也并不是每次都能成功。前天，弗朗兹在她旁边待了很久，一秒钟都没有离开。她感到药液在喉咙里游走。她决定吞下，并假装睡得不安稳，然后试图通过咳嗽咳出药水。她以前没这样做过，几分钟后，她觉得身体开始麻木，肌肉松弛。这让她想起手术前的几秒钟，那时麻醉师跟她说数到五。

那次她没有成功，但现在她的技术成熟了，所有的条件都已具备，一切都很顺利。她知道如何把药水存在嘴里，只吞下口水。弗朗兹一旦离开，她就会立刻转向一侧，拿起床边的卫生纸吐出药水。但如果药在嘴巴里时间过长，就会跟口水混在一起，变成黏液……如果不得不咽下去，惟一的机会就是装作呕吐，但她必须在刚喝下去的几秒钟内完成。这一次，一切都很顺利。吐出药水后几分钟，她开始装睡。当弗朗兹俯身开始跟她说话、抚摸她时，她左右摇头，好像要说些什么。有时她也会装作做噩梦，先是慢慢地晃动身体，接着四肢抖动。弗朗兹也会在这时候俯下身轻轻跟她说话，慢慢抚摸她的头发，用手指轻碰她的嘴唇、喉咙，接下来把所有的力量都变成语言。

弗朗兹跟她说话，观察她，改变说话的内容，有时想刺激她，有时想安抚她，但话里总会涉及一些死人。今天晚上，是薇洛妮克·法布尔。索菲清楚地记得，她坐在那个沙发上，这个女孩躺在血泊中，菜刀应该在弗朗兹的手里。

"出什么事了，索菲？生气了？是的，生气了……"

索菲试着转身避开他。

"你又看到那个女孩了，不是吗？想想。她穿着灰色的套装，很抑郁。只能看到白色的圆领，你现在又见到她了，很好。她穿着平底鞋……"弗朗兹声音低沉，语速很慢。

"我很担心，你知道的，索菲。你已经在她家待了两个多小时……我还没看到你下楼。"

索菲发出细微的呻吟，用力转过头，双手胡乱搓揉床单。

"我在街上看到那个女孩跑向药店，她说你不舒服……你想，我的天使，我该有多担心？"

索菲愤怒地转过头，试图逃离这个声音。弗朗兹站起身，绕着床走了一圈，跪下，在她耳边继续说："我没有让她来得及给你吃上药。她刚一进门，我就按响了门铃。开门的时候，她手里还拿着从药店买来的药。我看到你在她身后，我的天使，索菲，躺在沙发上熟睡，就像今天，我的小……当我看到你的时候，我不再担心了。你很美，你知道的，那么美。"

弗朗兹把食指放到索菲的嘴唇上，她不由自主地想拒绝，要后退。为了不暴露，她用力眨眼，嘴唇微动，模仿痉挛的样子。

"我做了你也会做的事情，索菲……但我首先杀死了她。没什么大不了的，我用膝盖把她顶翻在地，拿起餐桌上的菜刀，接着等她站起来。她很吃惊，当然，也吓坏了，魂飞魄散，对她来说一切都太突然，这可以理解。别这样，我的天使。我在这儿，你知道你什么事都不会有。"

索菲又翻身转了过去，双手伸向脖子，好像要捂住耳朵，但又不知怎么做，所有的动作都那么混乱、无用。

"我跟你一样，你也会走过去，不是吗？你也会看着她的眼睛。你还记得她的眼神吗？很生动的眼神。你也不会等待，也会再次一刀插进她的肚子。感受一下，索菲，这样把刀插进一个女孩的肚子。我会给你演示。"

弗朗兹俯身面向着她，慢慢抓起她的手腕。她反抗着但他抓得很紧。就在他重复这些话的时候，他在挥手做了个动作，索菲的手臂被抓着飞向空中，好像碰到了皮筋又弹了回来……

"就这样，索菲，跟你感受到的一样，你捅进去，猛地一下，旋转，捅到底……"

索菲开始喊叫。

"看她的脸，多么痛苦，你让她多么痛苦。她的腹部在灼痛。她瞪大眼睛，张开嘴巴，因为疼痛，也因为你，你继续拿着刀往里捅。你很残忍，索菲。她开始喊叫。为了让她闭嘴，你拔出刀，上面已满是鲜血。因为鲜血，刀变得很重，你又把刀捅进去。索菲，停下吧！"

虽然嘴里说着停下，但他却继续抓着索菲的手腕在空中挥舞。索菲想用另外一只手抓住自己的手腕，但弗朗兹太有力了，她喊叫，反抗，想让他站起来，但毫无作用，就像一个小孩在反抗一个成年人……

"没有什么可以让你停下！"弗朗兹继续说，"一次，两次，一次次，你不停地把刀插进她的肚子，一次又一次。你醒来时，手里会拿着刀，旁边，薇洛妮克躺在血泊里。索菲，我们做了这样的事情，做了这样的事情，怎么还能活下去？"

现在是夜里两点多。几天以来，在维生素C、咖啡因和葡萄糖的作用下，索菲每晚只能睡几小时。夜里两点正是弗朗兹熟睡的时候。索菲看着他，他身上散发出一种强大的能量和意愿，呼吸非常缓慢，不太规律。他在睡梦中呻吟，好像是呼吸不畅引起的。索菲裸着身体，感觉有些冷，双臂抱住自己，看着弗朗兹，对他的恨意现在已从愤怒恢复到平静。她去了厨房，那里有一扇门，门后是公寓里配置的一个称为干燥间的小空间，但是不知道为什么要这么叫。不到两平方米的空间，有一扇门向外打开，夏天像冬天一样冷，一般用来放些闲置的物品或作为垃圾通道。索菲打开里面的一个抽屉，手伸进去，拿出一个透明塑料袋，迅速打开。她取出一个小注射器和一瓶东西放到桌上，然后把袋子和剩下的东西又放回抽屉。为小心起见，她走了几步，去看了一眼卧室。弗朗兹还在熟睡，轻声打着呼。索菲打开冰箱，取出四盒酸奶，只有弗朗兹会吃。她用注射器的针头在每盒酸奶的密封膜上扎了一个极小的针眼，盖上盖子后完全看不出来。之后，她把药注射到酸奶里，摇晃，使之充分混合，然后放回冰箱。几分钟后，塑料袋被放回原处，索菲也上了床，无意中碰到了弗朗兹的身体，感到无法形容的恶心。她很想在睡梦中将他杀死，比如用一把菜刀。

弗朗兹觉得索菲应该能睡十几个小时。如果一切顺利，这就足够了。否则，他过一会儿重新尝试哄她入睡。但他太兴奋了，以致都不愿意去想。在寂静的深夜，不到三小时就可以到达纽维尔-圣玛丽。

今夜预报有雨，这是件好事。他把摩托停在小树林边上，以便能以最快的速度离开。几分钟后，两个好消息同时到来：一是奥弗内的房子深陷于黑暗之中，二是开始下雨了。他把包放在脚边，迅速脱掉连体衣，里面穿着跑步的衣服。他很快从山坡上下来，山坡的一边是小树林，另一边是奥弗内的家。他纵身一跃，越过栅栏。没有狗，他知道的。就在要碰到车库门的一刹那，上面房间的灯亮了，一束光射下来。那是奥弗内的房间。他紧贴着门。除非奥弗内现在下楼或是走出花园，否则他是看不到自己的。弗朗兹看了看表，夜里两点钟，他还有时间，却无比的焦急，这种状态很容易让人出错。他深吸了一口气。灯光从窗户射出，穿过雨幕，投到草坪上，方形的。形状时有时无。被跟踪的那些晚上，奥弗内并没有失眠的迹象，但是……弗朗兹双臂交叉，盯着雨夜，准备长时间等待。

当她还是个孩子的时候，这样的暴风雨之夜总是让她感到兴奋。她会将窗户敞开，深深呼吸大雨带来的清新空气，一直清爽到肺里。她需要这样。她没能全部吐出弗朗兹给她的药，现在感到有些无力、头晕。药效不会持续太久，但她还是觉得越来越困。弗朗兹一定加大了剂量，他这样做的原因应该是要离开一段时间。他大概是晚上十一点离开的，她觉得他夜里三四点前不会回来。为保险起见，她给自己的时间是到夜里两点半。她扶着柜子不让自己倒下，然后打开浴室的门。她现在已经习惯了。她拿出T恤衫，爬进浴缸，深吸一口气，把冷水开到最大。她故意发出嘶哑的声音，尽量让自己保持呼吸平稳。几分钟后，她感觉身体完全凉了下来，便用搭在旁边的毛巾用力擦拭身体。她看着天窗，给自己泡了一杯浓茶（茶不会像咖啡那样让人呼吸急促），在等待茶泡好的时间，她伸展了一下四肢，做了几个俯卧撑，让血液循环加速。慢慢地，她状态好了起来，头脑也清醒了。她喝完茶，洗了杯子，然后环顾四周，看有没有自己出现的痕迹，踩着凳子，取下一块天花板，从里面掏出一把钥匙。在去地窖之前，她戴上了橡胶手套，换了鞋，然后非常小心地关上门，下了楼。

雨一直在下。远处传来卡车在国道上行驶的声音。这种天气下，在一个几平方米的地方站着不动，弗朗兹开始觉得冷了。他刚要打喷嚏，房间的灯灭了。半夜一点四十四分。弗朗兹决定再等二十分钟。他重新站到等待的位置，心想要不要去看医生。远处一声惊雷，接着天空出现闪电，一瞬间，整个空间都被照亮。

半夜两点零五分，弗朗兹离开他的位置，慢慢沿着房子，摸到一个有一人高的小窗户边上，借助手电筒，他可以清楚地看到里面。窗子很旧，寒冷让窗框开始鼓包。弗朗兹取出工具袋，按了按窗子中央，测试窗户的强度，但他刚刚按下去，窗户就猛地开了，窗框撞到了墙上。在这样一个暴风雨之夜，周围的噪声应该能阻止声音传到楼上。他合上工具袋，小心地放好，爬上窗户，巧妙地从另一侧下来。地面是水泥的，他脱下鞋，以免留下线索。几秒钟后，他拿着手电筒，慢慢靠近放着奥弗内医生材料的纸箱，用了不到五分钟，就找出了标着从A到Z字母的箱子。他无法控制自己激动的心情，几乎失去了理智。他强迫自己深呼吸，手臂自然地下垂……

每个纸箱都很重，只用宽的透明胶带封了一下。弗朗兹把自己感兴趣的那个箱子挪过来，箱子底部简单封住了，只需一把裁纸刀就可以打开箱子。在他面前的是数不清的文件袋，他随意抽出一个，上面写着"古拉维奇"，用蓝色记号笔写的，大写。他把它放回箱子，接着取出另外几个文件袋，感到快要有救了。巴朗、巴伦、贝纳尔、贝莱，贝格！橘黄色的袋子，大写字母，同一个笔迹，很薄。弗朗兹又激动又急躁地打开文件袋，里面只有三个文件。第一个写着就诊记录，病人名字是莎拉·贝格；第二个只有一行文字，写着一些行政或户政信息，手写的；第三个是一张纸，上面是用药指导，手写的，大部分已经无法辨认。他取出就诊记录，折叠后放进衣服口袋，然后把材料放回原处，翻过纸箱，用胶带固定放了回去。几秒钟后，他再次跳过窗户，来到花园。不到十五分钟，他就在高速路上了，告诫自己不要超速。

进门的那一刻，索菲害怕了。但她了解弗朗兹，地窖里一定有秘密。看到墙上挂满的照片时，她的泪水瞬间涌了上来。当目光落到那些放大的樊尚的照片上时，她感到一种巨大的绝望，照片上，樊尚是那么帅气，又那么悲伤。这里有她四年的时光。她继续往前走，（这是哪儿？）看到的是在希腊拍的照片，就是这些照片让她在羞耻不堪的情况下失去了在佩尔西的工作。这张是她正要走出超市，2001年，这是在瓦兹的家……索菲握紧拳头，想大喊，想炸掉这个地窖，这栋公寓，这里所有的一切。她再次感到羞辱。这张照片上，索菲被超市的一个保安拦

271

住，接下来的几张是她在警察局，那时候的自己还非常漂亮。这一张的自己那么难看，这是在瓦兹，她跟瓦莱丽手挽手在花园散步，自己看起来已经开始悲伤。这一张她牵着小雷奥的手。她开始哭，她已经不能思考，没有思维，只有哭，脑袋左右轻摇，不相信自己经历了这些不可修复的伤痛，她的生活就这样展现在面前。她开始呻吟、啜泣，泪水打湿了照片，充满了整间地窖和她的生活。索菲跪下来，抬头望着墙上的照片，目光落到一张樊尚躺在自己身上的照片上。照片是从他们公寓的窗外拍的，这怎么可能？放大的私人物品、钱包、手提包、避孕药，跟洛尔在一起，还有……索菲痛苦地呻吟，用额头撞击着地面，继续大哭，弗朗兹随时可能进来，但没有关系，她已经做好了死的准备。

但索菲还没有死，她终于抬起头，狂怒慢慢地代替绝望。她重新站起来，擦去脸上的眼泪，无法抑制自己的愤怒。弗朗兹随时可能进来，但没有关系，她已经准备杀死他。

墙上全是她的照片，除了右面的墙，上面只有三张照片，却有二三十个不同的翻版，或是某一部分的截图，但都是来自这三张照片，三张都是同一个女人。莎拉·贝格。这是她第一次见到这个女人，她跟弗朗兹长得惊人地相似，眼睛、嘴巴……有两张她看起来很年轻，可能三十几岁。漂亮，可以说很漂亮。第三张可能是她最后的时光。她坐在草坪的椅子上，旁边是一棵柳树①，目光无神，面部表情机械。索菲擦了擦鼻涕，坐在桌边，打开电脑，开机。要输入密码。索菲看了下时间，给自己四十五分钟时间，开始尝试密码：索菲、莎拉、妈妈、乔纳斯、奥弗内、卡特琳娜……

四十五分钟后，她不得不放弃。

她合上电脑，开始翻找抽屉，发现了自己的不少物品，其中很多是在墙上的照片中出现过的。只有几分钟了，就在她要离开的时候，她打开一个小本子，开始读上面的文字：

2000年5月3日

这是第一次见到她。她叫索菲，正从家里出来，无法看清她的脸。她显得有些匆忙，一上车就开走了，骑摩托很难跟上。

机　密

卡特琳娜·奥弗内医生

阿尔芒-布鲁斯耶诊所

致

西尔万·莱斯格勒医生

------

① 在法语中, 柳树代表死亡。

阿尔芒–布鲁斯耶诊所负责人

1999年11月16日

就诊记录

病人：莎拉·贝格，父姓韦斯

地址：见户籍资料

生于：1944年7月22日巴黎十一区

职业：无

卒于：1989年6月4日默东（92省）

莎拉·贝格女士第一次入院是在1982年9月（巴斯德医院），材料上没有提到。通过核实，我们了解到这次住院是在病人丈夫乔纳斯·贝格的强烈要求下，她的主治医生开的住院单，病人自己也同意。她当时入院并非出于紧急状况。

第二次入院是1985年，鲁迪耶医生收治（帕克诊所）。病人长期抑郁，最早可以追溯到1960年。经过巴比妥类抗焦虑药物治疗后，3月11日至10月26日继续入院治疗。

我本人于1987年6月，在其第三次住院时（1988年2月24日出院）接诊病人。我后来得知在此次因为企图自杀住院前，病人在1985年至1987年间还至少有过两次企图自杀的行为。针对这些行为的治疗主要还是靠药物，在当时看来，效果还是稳定的。目的是防止病人再次自杀。治疗的效果要等到1987年7月底再次问诊病人时了解。

我们介入时，莎拉·贝格43岁，思维敏锐，反应好，词汇量丰富，甚至可以使用复杂的词汇，有明显的心理加工能力。她的生活明显受其出生后不久父母在集中营的经历及在达豪集中营失踪的影响，抑郁可能早就出现，病人有深深的罪恶感，资料里多次提到。在我们谈话的过程中，莎拉不停地提及她的父母且很想知道原因（比如"为什么是自己的父母"这类问题）。这个问题其实是在掩饰自己精神上的问题，与缺乏关爱和自我认知有关。不得不承认莎拉是一个极容易激动的人，经常在提到其父母被逮捕、没有葬礼等情况时慌乱起来。她敏感而痛苦，觉得自己活下来是一件很羞辱的事，这种想法又体现在她的神经焦虑上。很多孤儿身上都有这种潜在的意识，认为是自己讨厌父母才会离去。

综合以上因素分析，我们认为问诊中没有发现的遗传因素也是莎拉·贝格的病因之一。建议要特别监护好病人的子女，因为病人的直系亲属很可能也会有定期抑郁症状和强迫型人格……

深夜，弗朗兹回来了。听到开门声，索菲醒了，但马上开始装睡，现在她装睡的技巧已经很熟练了。从他的脚步声和他关冰箱门的方式推断，他很激动。通常他都很平静。她感到他来到了卧室门口，走到床边，跪下，抚摸着她的头发，好像在思考着什么。虽然已经很晚了，但他没有上床睡觉，而是去了厨房。她听到了纸张的声音，好像是打开了一个信封。然后就没有声音了，整个晚上他都没有回来睡觉。第二天早上，她发现他坐在厨房椅子上，目光无神，看起来像极了照片上的莎拉，不过更绝望，好像一下老了十岁。他抬起头看着索菲，好像想通过她看到什么。

"你不舒服？"

她抓紧自己的睡衣。弗朗兹没有回答，这样过了很久。奇怪的是，索菲觉得这种安静如此陌生，出人意料，竟让她觉得这是两个人认识以来第一次真正的交流。一束晨光通过厨房的窗户，照到弗朗兹的脚上。

"你出去了？"

他盯着自己的脚，都是泥，好像不属于自己一样。

"是的，呃，没有。"

很明显，有什么东西停滞了。索菲向前一步，强迫自己把手放到弗朗兹的脖子上。这种接触让她很反感，但她演得很好。她烧了水。

"想喝茶吗？"

"不，呃，是的。"

气氛很奇怪，好像她正从黑夜中走出来，他却要进去。

他脸色白得吓人，只是说："我觉得不太舒服。"两天来，他没怎么吃东西。她建议他吃点奶制品，他吃了她送来的三盒酸奶和一杯茶，然后就待在那儿，坐在桌边，盯着桌布，一直在发愣。她感到很害怕，空气也让人抑郁。他就这样呆呆地坐了很久，然后突然哭起来。一味痛哭，面部却没有悲伤的神情，只是流泪，泪水滴到餐桌上。他这样已经两天了。

他笨拙地擦了下眼睛，说："我病了。"声音发颤、无力。

"可能感冒了。"索菲说。

把流泪归结为感冒，这种话听起来很蠢，但弗朗兹会哭，还是很出乎意料。

"躺下，我给你准备一杯热的东西。"

他低声说着什么，大概是说："好，这样很好……"但她并不确定。奇怪的气氛。他起身，转了一圈，走进卧室，穿着衣服躺在床上。她为他煮了咖啡。很好的机会。她确认他还躺在床上，便打开了垃圾通道里的抽屉。

她没有笑，却有一种如释重负的感觉，好像突然有了活力。运气帮了她，这也是她能有的最低要求了。刚见到他这样的时候，她就决定动手。现在，她决定不再放手，除非死亡。

她走进卧室时，弗朗兹奇怪地看着她，好像在辨认一个突然到访的陌生人，又好像要跟她说些什么很严重的事情，但却什么都没有说。他撑起胳膊。

"你应该脱了衣服。"她匆匆地说。

277

她整理了下枕头，铺好床单。弗朗兹起身，慢慢地脱下衣服，看起来很虚弱。她笑着说："你已经睡着了……"在睡下之前，他喝了一碗她煮的东西。"这有助于睡眠。"弗朗兹边喝边说："我知道。"

莎拉·韦斯1964年与乔纳斯·贝格结婚。乔纳斯·贝格生于1933年，两人年龄相差11岁，这也证明了莎拉·韦斯有恋父情结，需要在自己的生活中找到一个象征性的父亲来弥补缺失的亲情。乔纳斯·贝格是一个商人，活跃，有想象力，工作认真。由于抓住了黄金三十年的大发展时期，他于1959年创立了法国的第一个小型连锁超市。由于他谨慎经营，十五年后，公司成为特许经营品牌，有430个店铺，在1970年的经济危机中维持了下来，甚至还得到了一些可以出租的房产。1999年，乔纳斯去世。

乔纳斯·贝格用他真挚的感情和责任心，给了妻子无比的安全感。开始的几年，婚姻生活非常幸福，慢慢地，莎拉变得越来越敏感，抑郁症状也逐渐明显。

1973年2月，莎拉第一次怀孕。夫妻两人怀着无比快乐的心情迎接孩子的到来。如果说乔纳斯·贝格可能暗自期待着一个儿子，莎拉则希望是个女儿（很明显她可以成为"完善的修复品"，也是一个可以阻止其最初恋己癖的治标的办法）。怀孕前几个月夫妻二人无比快乐的状态证实了这个推断，莎拉的抑郁症状在这期间几乎完全消失。

莎拉生命中的第二个决定性事件（在她父母失踪后）是在1973年6月，她早产生下一个女婴，但孩子一出生就死亡了。这一事件造成的创伤几乎无法修复，即使她再次怀孕。

确认弗朗兹睡着后，索菲去了地窖，把那个日记本拿了上来，点燃一支烟，在餐桌前阅读。一开始，她就知道一切都会重新呈现在眼前，跟自己想象的相差无几。一页一页读下来，她的恨越来越强烈，感觉一个火球要在身体里爆炸。日记里的文字与地窖墙上的照片吻合，从樊尚和瓦莱丽开始，一个个人物陆续出现在眼前……时不时地，索菲抬起头看着窗外，掐灭烟，再点燃一支。如果这时弗朗兹醒来，她一定会拿刀子插进他的腹部，而且会泰然自若，因为仇恨太深了。她也可以趁他睡着时杀死他，这很容易做到。也许因为太恨了，她并没有那么做。她有好几个方案，还没有决定用哪一个。

索菲从柜子里取出一床被子，在客厅的沙发上睡了。

弗朗兹昏睡了十二个小时后醒来，好像还没有完全清醒。他走得很慢，脸色苍白，看着沙发上的索菲，什么都没说。

"你饿吗？想不想打电话约医生？"

他摇摇头，索菲不明白他是说不饿还是不需要医生，或者两者都有。

"如果是感冒，自己会好的。"她的语气冷漠。

他快要垮了，坐下来，把双手放在身前，好像两个物体。

"你得吃点东西。"索菲说。

他表示随便："你看着办吧"。

她起身去厨房，拿了速冻食品放到微波炉里加热，然后点了一支烟等着。他不吸烟，通常她吸烟的话会让他不舒服，但他现在太虚弱了，甚至没有注意到她在吸烟。她把烟头掐灭。

弗朗兹向厨房看了一眼。食物热好后，她倒了一半在盘子里，确认他还坐在那里没动，便把安眠药放进番茄酱汁。

弗朗兹尝了一口，抬头看着她，这种安静让她很不舒服。

"味道不错。"他说。

他先尝了口千层面，等了几秒钟，加了酱汁。

"有面包吗？"

她去拿了一袋超市里买的切片面包。他就着酱汁吃起来，好像并没有什么胃口，动作僵硬，但又很认真，直到吃完。

"你是不是真的有什么地方不舒服？"索菲问。

他眼睛浮肿指了指胸部。

"喝杯热的东西可能会舒服些。"

她起身去泡茶，回来的时候发现他的眼睛湿了。他慢慢喝着茶，但马上就不喝了，放下杯子，困难地站起来去上厕所，回来后又躺下。她斜靠在门框上，看着他躺好。现在是下午三点。

"我要去买些东西。"她试探着说。

他从没有让她出去过，但这次，他睁开眼，看着她，好像整个身体都被麻醉了。就在索菲换衣服准备出门时，他又睡着了。

莎拉第二次怀孕是在1974年2月。那时，她有些抑郁，这次怀孕显然有象征意义。上次孩子死后，他们就试着再次怀孕。她开始被一个奇怪的想法折磨（这个孩子是杀死了前一个孩子才来到这个世界），接着陷入深深的自责（是她杀死了自己的女儿，就像她杀死了自己的母亲一样），最后又感到耻辱（她是一个如此无能的母亲，无能到不应该有孩子）。

这次怀孕，不仅对莎拉是一种折磨，对夫妻两人也是一种痛苦。同时，怀孕期间出了数不清的意外，治疗效果并不明显。莎拉曾多次试图背着丈夫流产，也有两次药物治疗。随着孩子出生日期的临近，这个年轻的女人也越来越抗拒，而且她很确定这是男孩。她觉得这个孩子是一个侵入者，因此越来越凶恶、残忍，甚至狠毒。1974年8月

13日，她竟神奇地生下一个男孩，取名弗朗兹。

作为一个替代品，这个孩子的出生缓解了夫妻二人失去前一个孩子的痛苦，但莎拉对这个孩子的攻击也开始加强，对孩子的憎恨越来越频繁和明显。她自己承认，在天堂的女儿急着把这个儿子推向地狱……

这是几个星期以来，索菲第一次下楼买东西。出门前，她照了照镜子，觉得自己很难看，同时也感到了即将走在大街上的快乐。自己是自由的，可以离开了，一切都安排好之后，她心里这样想。她拿起购物袋，但直觉告诉自己这没什么必要。

他睡着了，索菲坐在床边的椅子上看着他。她没有看书，没有说话，也没有动。情况反转了。索菲觉得不可思议，就这么简单？为什么是现在？为什么如此简单，他一下就被击垮了，完全被击败了？他在做梦。她太恨他了，以致有时候甚至麻木了。她想杀了他，她也正在杀死他。

就在她在想自己在杀他的时候，弗朗兹很奇怪地睁开了眼睛，好像被陌生人打扰了一样，盯着索菲。他喝了我放的药，现在怎么可能醒来？应该是搞错了……他伸出手，用力抓住她的手腕。她坐在椅子上，往后移了一下。他盯着她，抓着她的手什么都没说。

"你在这儿？"他说。

她吞咽了一下口水，"是的。"她低声说。

弗朗兹又闭上眼，仿佛要回忆自己刚才的梦。他没有立刻睡去，他哭了，虽然闭着眼，眼泪却慢慢流下。索菲耐心等着，突然，他狂躁地转过身，面对着墙，肩膀因为哭泣而抖动。几分钟后，他的呼吸慢了下来，发出了轻微的呼噜声。

她站起身，重新坐在客厅的桌子旁，打开日记本。

所有不解的事情都有了答案。弗朗兹的日记本里提到他的房间面对着自己和樊尚的公寓。每一页都是侮辱，每一句话都是羞辱，每一个字都是暴行。她所有失去的都在，弗朗兹偷走的所有东西，她的生活、她的爱情、她的青春……都出现在自己眼前，她起身看着睡着的弗朗兹，在他面前吸着烟。她只杀过一个人，一个快餐店老板，现在想起来既不害怕也不后悔。什么时候杀了他，这个躺在床上的男人……

日记里还写到安德烈。后面几页，樊尚的母亲在索菲昏睡的时候从楼梯上摔下来，当场死亡。安德烈从窗口跳下。在此之前，索菲根本无法想象自己以前的生活是那么可怕。

想到这里，索菲屏住呼吸，合上日记本。

感谢乔纳斯对其妻子心理和生理上的照顾和无微不至

283

的关心，才使莎拉对儿子的憎恨没有在孩子身上产生什么可怕的后果。然而，我们还是发现男孩在那个时期遭到了母亲的家暴：鞭打四肢，烧伤，虽然莎拉祈祷永远不会有人知道。她解释说，她要不停地跟自己斗争，让自己不要杀死这个孩子，他集自己生命中所有的恨之大全。

在这个家庭里，父亲一直保护着孩子，使他不受有潜在杀子倾向的母亲伤害。丈夫的看护使得莎拉出现了精神分裂的症状。她竭尽全力扮演双重角色，一方面是个有爱的母亲，呵护孩子；另一方面，当她一个人的时候，她又希望这个孩子死去。这种心态体现在她的很多梦里，她会梦到这个孩子被判去达豪集中营代替他外祖父母。她也会想象其他场景，比如这个孩子被阉割，被掏出内脏，甚至被钉在十字架上，又或者被溺死。在这些场景里，作为母亲的莎拉扮演的是救星的角色。

在面对周围人和孩子时，要随时表现出不同的面孔，时刻隐藏对孩子的憎恨，这些都在慢慢消耗她的能量，直到1980年完全陷入抑郁。

矛盾的是，在这个事件里，她的儿子从无辜的受害者变成了"杀人犯"，因为毕竟是他的存在引发了母亲的死亡。

二十小时后，弗朗兹起来了，眼睛红肿，睡觉时哭得太多。他走到卧室门口，索菲正站在窗边，看着天空吸烟。服用了安眠药后，还能走这段路，一定有强大的意志。索菲最终占据了上风。

"你太英雄主义了。"索菲冷冷地说。

弗朗兹正走向卫生间，走得颤颤巍巍，从头到脚都在打冷战。

现在拿刀杀了他，不过是想不想的问题。她看着坐在马桶上的他，他现在太虚弱了，随便拿起什么都可以敲碎他的脑袋，太容易了。她抽着烟，严肃地看着他，他也抬头看着她。

"你哭了。"她吸了一口烟说。

他尴尬地笑了一下，然后起身，扶着墙，一步一步从客厅走到卧室。他们在卧室门口相遇，他靠在门框上，歪着头，冷冰冰地看着眼前这个女人，像是在犹豫，接着，他低下头，没有说话，躺在床上，双臂伸开，闭上双眼。

索菲来到厨房，拿出她藏在第一个抽屉里的弗朗兹的日记本，接着开始读。她读到了樊尚的车祸，他的死。她现在知道了弗朗兹是如何进入诊所，如何在用餐时间过后去找樊尚，然后避开护士站的护士，推出樊尚，推开安全门，来到那座巨大的楼梯前。一瞬间，索菲的脑海里浮现出樊尚可怕的面孔，产生一种渗透到骨髓的无力感。从这一刻起，她突然觉得剩下的内容已经不重要了。她合上日记，起身把窗户打开：她活过来了。

她准备就绪。

弗朗兹又睡了十个小时，加起来已经有三十个小时不吃不喝地昏睡了。索菲甚至觉得他可能会这样睡死过去，不再起来。他不停地做噩梦，时不时能听到他在睡梦中的哭声。她睡在沙发上，开了瓶酒，然后下楼买了几包烟和其他东西。回来的时候，弗朗兹坐在床上，脑袋左右摇晃着，感觉很沉。索菲看见他在笑。

"你准备好了。"

他强笑着，但睁不开眼睛。她靠近他，用手猛地推了他一把，他坚持坐在床上，虽然整个身体都在摇晃。

"你总算准备好了……"她说。

她在他胸前推了一把，毫不费力，他就倒下了，躺在床上。索菲拿着一个绿色垃圾袋走出房间。

该结束了。她现在的动作平静、简单、决绝。她生命中的一部分就要结束了。她最后一次看着那些照片，一张一张地撕下，放到袋子里。这工作花了她一小时。她偶尔会停留在某一张照片上，但并不像她第一次看到时那样难过。现在看这些照片就像看一个普通相册，上面记录了她有些遗忘的一部分生活。这张，洛尔·迪费雷纳正在笑，索菲回忆起洛尔把弗朗兹编的匿名信放在她面前时冷酷漠然的表情。需要重新解释，重新修复关系，洗清一切，但这离她的生活已经很遥远了。索菲累了。这张是瓦莱丽，跟自己手挽着手，在耳语着什么，大笑着。索菲已经记不起安德烈的样子了，在今天以前，这个女孩没怎么在自己的生活里出现过。她在这张照片上显得简单而诚恳，完全想象不到她会从窗口跳下。剩下的照片她没有再看，找了一个垃圾袋把所有的物品放进去。手表、包、钥匙、票据、记事本……这些东西给她的冲击比照片还要大。所有东西都装好后，她拿起电脑，最后一个垃圾袋，先把电脑放到绿色的大箱子里，然后把装有物品的袋子摞在上面。最后，她用钥匙锁上地窖的门，拿着装着照片的袋子回到公寓。

弗朗兹还在睡，好像又在睡梦和清醒之间游离。她把一个铸铁锅，拿到阳台上，将日记一点点撕掉后放到炉里烧掉。接下来是照片。火太大了，她就后退几步，停一会儿再继续。她吸着烟，若有所思地看着照片消失在火焰中。

结束后，她将锅清洗干净放回原处。洗澡，然后开始准备行李箱。她并没有带太多东西，只带了最基本的生活用品。应该跟这里的一切说再见。

意志消沉，眼神呆滞，言语里透着忧伤、害怕甚至是恐惧，对于死亡的宿命感、负罪感，想法诡异，要求受到责罚，这些都是莎拉在1989年再次住院时的就诊记录里的内容。

莎拉上次住院时，我们之间建立了足够的信任，我可以利用这种信任安抚她的情绪，消除她对自己的孩子的反感、憎恨、厌恶，缓和她始终需要强迫自己双面表现的意识，随着她越是能成功地转变角色，她也变得越疲惫不堪，至少到她下一次企图自杀前都是这样。这段时间大概持续了十五年，这期间她一直表面疼爱孩子，内心却憎恨孩子和希望孩子死去。

索菲把行李箱放到门口，像要离开酒店时一样，四处看看，摆好沙发的靠垫，用海绵擦拭餐桌上的塑料桌布，倒掉剩饭，打开柜子，取出一个纸箱，放到客厅的桌子上，然后从行李箱里拿出一个装有浅蓝色胶囊的小瓶。纸箱里面是莎拉的婚纱，她走到正在熟睡的弗朗兹面前，开始给他脱衣服。并不那么容易，熟睡的弗朗兹就像一具尸体，她不得不来回翻动很多次。现在他被脱光衣服，像一条蚯蚓。她先是抬起他的胳膊和腿，把婚纱套进去，接着把他转过来，把婚纱提到胯部，接下来就更难了，弗朗兹实在是太高大了，很难把婚纱穿到他的肩上。

"没关系，别担心。"索菲微笑着说。

她大概用了二十分钟才给他穿好，为了达到满意的效果，她不得不把两边的线拆开。

"你看，没必要担心。"她低声说。

她后退几步，看了看整体效果。弗朗兹穿着旧婚纱，坐在床上，背靠墙，头歪向一边，没有知觉，胸毛从婚纱的圆领部位露了出来，看起来有些惊人，又很悲壮。

索菲点燃最后一支烟，靠在门框上。

"你这样很漂亮。"她微笑着，"我会给你拍些照片。"

现在该结束了。她找了一个杯子和一瓶矿泉水，取出巴比妥片，两片两片，三片三片地塞进弗朗兹的嘴里，然后往他嘴里倒水。

"这样就能下去了。"

弗朗兹不时咳嗽几下，吐出点什么，但还是能吞下去。索菲给他用了致死量的十二倍。

"虽然花了些时间，但一切还是值得。"

最后，弗朗兹吃下了所有的药片。索菲后退几步，欣赏着眼前的画面。

"还有一件小事。"

她去行李箱里找了一支口红后回来。

"颜色可能并不是很搭配，但就这样吧。"

她把口红涂在弗朗兹嘴上，上下左右都涂了很多，然后后退几步看了看效果：一个穿着婚纱睡觉的小丑。

"好极了。"

弗朗兹发出低沉的叫声，试着睁开眼睛，虽然很痛苦，但做到了。他想说什么，但什么都说不出，他用力挣扎，然后不动了。

索菲看都没有看一眼，拿着行李箱打开门。

莎拉就诊期间主要谈论的是他的儿子，他的外形、精神、行为方式、语言、喜好，所有都体现出她对孩子的厌恶。最后几年时间里，由于父亲的理解和帮助，孩子每次要来探视她都要准备很长时间。

1989年6月4日，也是孩子的到来引发了她的自杀。孩子来的前几天，她一直在想不能再让这个儿子出现，她已经不能再承受这种可怕的欺骗。只有果断地分离她才能活下去，但是罪恶感和世俗的压力，再加上乔纳斯·贝格的坚持，她还是决定接受这次探视。但就在探视结束，儿子要离开房间的时候，莎拉突然产生了自杀的念头，穿着自己的婚纱（为了感谢丈夫一直以来给予的支持）从五楼跳了下去。

1989年6月4日12时53分，默东警察局的贝里弗警官完成调查报告，报告与莎拉·贝格的其他材料放在一起，编号：JB-GM 1807。

卡特琳娜·奥弗内医生

索菲意识到自己已经很久没有关心过天气了。今天天气很好，她走出公寓，在台阶上停了一下。离自己的新生活只有五个台阶的距离，这是最后的一步了。她把包放在两脚中间，点燃一支烟，但又立刻掐灭。面前的是三十米左右的柏油路，路的尽头就是停车场。她看了看天空，拿起包，走下楼梯，离公寓越来越远，她的心跳得很快，呼吸急促，好像刚刚躲过一场事故。

走出十几米远的时候，突然听到有人在远处喊自己的名字。

"索菲！"

她转身看过去。

弗朗兹穿着婚纱，站在五楼阳台上，就在她头顶。他跨在栏杆上，左手抓着栏杆，挂在半空中。

他左右摇晃，看着她，说："索菲……"

接着，他决绝地跳下，像一个潜水员，双臂张开，连一声喊叫都没有就摔在了索菲的脚下。落地声听起来让人不寒而栗。

社会新闻

弗朗兹·贝格，31岁，前天从其居住的公寓五楼跳下，当场死亡。

死者身上穿着其母亲的婚纱，奇怪的是，其母亲也以同样的方式死于1989年。

由于长期抑郁，他在妻子准备出发去父亲家里度周末时，在妻子的注视下从阳台跳下。

法医发现他跳楼前服下了安眠药和大量来源不明的巴比妥片。

死者的妻子玛丽亚娜·贝格，父姓勒布朗，30岁，继承了贝格家族的遗产。弗朗兹·贝格是普瓦弗连锁超市的创始人乔纳斯·贝格的儿子。弗朗兹几年前把公司卖给了一家跨国集团。

Souris_verte@msn.fr - 已上线。

Grand_manitou@neuville.fr - 已上线。

"爸爸？"

"孩子……好了，你已经做了选择。"

"是的，我必须快点儿，但我不后悔：我还是玛丽亚娜·贝格，这样就可以躲过司法程序、解释、证明和媒体。我留下了钱。我要开始全新的生活。"

"好，你自己决定。"

"好的。"

"什么时候能见到你？"

"有些手续要办，还要一两天。还是像以前约好的在诺曼底见？"

"好，我绕道波尔多，我跟你解释过，为了不引起怀疑。我有一个公开失踪的女儿，不得不过和我这个年纪的人不太一样的生活。"

"你这年纪，你这年纪。说得好像你真的老了一样。"

"别试着勾引我。"

"对了，爸爸，还有一件事。"

"什么事？"

"妈妈的材料，你只能给我那些吗？"

"是的……可我已经都跟你解释过了，不是吗？"

"是的，不过……"

"嗯，还有这个，就诊记录，没有其他的了，只有我给你的那一页，我甚至都不知道它会在那儿。"

"你确定？"

"……"

"爸爸？"

"是的，我确定。这个就诊记录，正常来说也不应该在那儿的：你妈妈是在她最后一次住院前几天才来这里工作的，一直随身带着小资料盒。我本来应该把所有这些都给她的合伙人，但忘了，后来也没再想起来，直到你再跟我说起这些……"

"但那些档案，真实的档案，就诊记录，所有这一切都去哪儿了？"

"……"

"在哪儿了，爸爸？"

"你妈妈去世后，我猜这些东西应该都在她的合伙人手里……我甚至都不知道这些东西现在怎么样了。为什么这样问？"

"在弗朗兹的东西里发现了些很蹊跷的东西。妈妈的一份文件。"

"关于什么的？"

"关于莎拉·贝格的，很详细，也很奇怪。不是她的工作笔记，而是一份报告，写给西尔万·莱斯格勒医生的，不明白为什么。日期是1989年年底。不知道弗朗兹是如何搞到手的，但对于他来说，读到它是件很痛苦的事情，甚至不仅仅是痛苦。"

"……"

"你真的什么都不知道吗，爸爸？"

"不知道。"

"你不想知道里面的内容吗？"

"你是想说关于莎拉·贝格的事，不是吗？"

"我明白了。事实上，从妈妈的角度来看，这很奇怪。"

"……？"

"我非常仔细地读了，可以肯定文件非常不专业。题目是《就诊记录》（你已经看过了吧？），第一眼看上去还好，写的也还说得过去，但再认真读一下，就能发现写得很糟糕。"

"？"

"这个所谓的关于莎拉·贝格的病历，里面有很多奇怪的伪心理学的词汇，还有些表达方式明显是从字典里和心理学普及读物里找来的。病人简历提到的她丈夫的信息都能从网络上找到，这种简历基本上任何人都可以写，只要知道病人两三个简单的信息，就可以写出一份这样乱七八糟的就诊记录。"

"啊。"

"真是荒唐，但如果人们了解不多的话，还是会信的。"

"……"

"在我看来（也可能不对），莎拉·贝格的这个就诊记录应该是编的。"

"……"

"你觉得呢，常青树爸爸？"

"……"

"不想说些什么？"

"你知道，心理学的词汇我几乎不怎么懂，我是建筑师。"

"那又怎么样？"

"……"

"喂喂？"

"好吧，孩子……我做了我能做的。"

"哦，爸爸！"

"是的，好吧，我承认，是有点儿编的。"

"解释一下吧。"

"这里面的信息还是很关键的：弗朗兹应该一直都想通过杀死你来为他母亲的死报仇。"

"很明显。"

"我觉得我们可以把它当跳板，所以我编了这个报告，给他致命一击，因为你需要帮助。"

"但弗朗兹怎么找到它的呢？"

"你跟我说过他在跟踪我，我就把你妈妈的资料放到了车库，然后让门开着。我在模仿那个字母B的时候还是花了些功夫的，因为要做成很旧的样子，还要引起他的注意。我也觉得内容写得有些牵强。"

"很牵强，但有效果！这种东西会让任何一个儿子意志消沉，特别是一个对母亲很有感情的儿子。"

"要说起来也很符合逻辑。"

"我真的不相信……是你做的？"

"我知道这很不好。"

"爸爸。"

"你怎么处理这个材料的？给警察了？"

"没有，爸爸，我把它毁了。我没有疯。"

译后记

打开亚马逊法国站，书海茫茫，幸得有分类检索。以浪漫见长的法兰西民族，在侦探和犯罪小说（romans policiers et polars）的条目下，竟然也理性地细分出了侦探（roman policier）、惊悚（thriller）、历史悬疑（polar historique）、超自然（supernaturel）、黑色（roman noir）和间谍（espionnage）小说这六个类别。在惊悚类下，仅2018年度出版的法文小说就已过千部。那么，皮耶尔·勒迈特（Pierre Lemaitre）为何能脱颖而出？

2006年《细活》（Travail soigné），2010年《黑框》（Cadres noirs），2011年《阿里克斯》（Alex）、《萝丝和约翰》（Rosy & John），2012年《牺牲》（Sacrifices），2013年《天上再见》（Au revoir là-haut），2016年《三天和一生》（Trois jours et une vie），2018年《火灾的颜色》（Couleurs de l'incendie）……勒迈特的确是一位高产作家。

《细活》获干邑电影节[1]最佳侦探小说奖，《黑框》获"观点"欧洲侦探小说奖[2]，《阿里克斯》等三部小说的英文译本获国际匕首奖[3]，《天上再见》斩获包括龚古尔文学奖在内的十余个奖项。好评如潮，市场畅销，勒迈特必定也是一个讲故事的高手吧？

《新郎的婚纱》出版于2009年，法文原版封面上是一只放大的眼睛，就其美丽程度而言，应该属于女性，睫毛纤长微卷，眼白下血丝清晰可见，深褐色的瞳孔偏向外眼角，反射出一个男人健硕的身影。尚未开卷，悬念和惊悚已现。

这是一个充满杀戮的故事，毕竟人类的终极恐惧来自死亡。开篇是六岁的小男孩雷奥被鞋带勒死在床上，他的看护索菲慌乱遁逃，逃亡途中鲜血淋漓：偶遇的薇洛妮克、银行经理、快餐厅老板，曾经的爱人樊尚和他的母亲，因恨、因爱，甚至毫无理由，都让索菲心生杀机，用刀、用棍，用力推下楼梯，甚至只用想象……索菲疯了，任何一个读者都会这么想，任何一个读者都会佩服她能够如此冷静地疯狂。

---

① Festival du film policier de Cognac，同时奖励侦探类电影和文学作品。

② Prix du polar européen，由法国《观点周刊》发起，每年颁给一部欧洲侦探小说。

③ CWA International Dagger，由英国犯罪小说作家协会颁发的国际性奖项。

貌似错乱癫狂的女子，瘦削、颤抖但美丽，靠咖啡和香烟提神，知道要隐匿，知道要谋生，知道洗白自己的出路是"招聘"一个丈夫，再次成为新娘。终于有一天，她接受了那位"安静、沉着、精准"的"军人"的爱，她以为这是和疯狂永别的唯一机会。

弗朗兹，故事的另一面。索菲是他的提线木偶，他偷窃、盗用、窥探、监视、入侵、下药、谋杀，操纵索菲生活中的一幕幕悲剧和惨状。小心、谨慎、一丝不苟，完美的罪犯和天才的疯子。终于有一天，他占据了索菲的身体，甚至开始走进她的心灵。

一男一女，一暗一明，一恶一善……也许到最后，善恶已不重要，近身肉搏中的伤亡，谁又能说是谁的错。然而，这一切究竟为了什么？为了复仇？弗朗兹为他的母亲，索菲母亲曾经的病人？索菲为她失去的爱人、朋友，几年时间里被毁灭殆尽的生活与青春？

索菲与弗朗兹，弗朗兹与索菲，两人同样高智商，同样心存仇恨，同样接近疯狂，他们之间的决斗终归需要结局。弗朗兹单枪匹马，拥有的只是童年和母亲之间的回忆，索菲还有父亲和朋友。终于，她让他身着母亲的婚纱，从楼上坠下……

这是一个关于疯狂的故事，弗朗兹因为母亲的自杀而疯狂，或者只是因为基因而疯狂；索菲因为长期服药而疯狂，或者只是因为悲剧的遭遇而疯狂。上帝欲使其灭亡，必先使其疯狂。既然如此，创造人类的上帝又为什么要在他们脑子里播撒下疯狂的种子？

疯狂的根源是什么？爱而不得。弗朗兹深爱母亲，母亲却在他面前跳楼；索菲深爱樊尚，樊尚却因她遭遇车祸，全身瘫痪，直到跌死。我们每个人的生活都有可能遭遇命运的重击，如自由落体般，脆弱的美好砸向冰冷的地面，裂成碎片，未来该如何继续？理性与人性、智慧和情感是否坚韧到足以承受这样的坠毁？

小说结尾，弗朗兹被死亡的黑色旋涡吞噬，善念犹存的索菲赢得最终的胜利，她说："我没有疯。"人们究竟是因为失去爱而疯狂，还是因为疯狂而失去爱？如果是我们，我们又会不会像他们一样疯狂？太多的问题没有答案，太多的问题不需要答案。

边读边译，作为读者，时不时因为交织错综的情节而困惑，作为译者，要尽力还原作者用文字营造的那一种愚而未决、心惊胆战，精力时间有限，亏得有同事邹婧鼎力合作。戊戌之年"赫曦"盛夏，译稿初成。秋风渐凉之际，有幸来到鲁迅文学院聆听、徜徉，从容定稿，本想以"婚杀"为中译本书名，但最后还是决定尊重原书名。

俞佳乐

2018年11月18日于浙江工商大学